KB265725

마도신기

魔刀神器

마도신기 4

강태훈 新무협 판타지 소설

초판 1쇄 찍은 날 § 2007년 4월 20일
초판 1쇄 펴낸 날 § 2007년 4월 30일

지은이 § 강태훈
펴낸이 § 서경석

편집장 § 문혜영
편집책임 § 이재권
편집 § 최하나 · 문정흠

펴낸곳 § 도서출판 청어람
등록번호 § 제1081-1-89호
등록일자 § 1999. 5. 31
어람번호 § 제2-1180호

주소 § 경기도 부천시 원미구 심곡1동 350-1 남성B/D 3F (우) 420-011
전화 § 032-656-4452 팩스 § 032-656-4453
http://www.chungeoram.com
E-mail § eoram99@chollian.net

ⓒ 강태훈, 2007

ISBN 978-89-251-0666-3 04810
ISBN 978-89-251-0502-4 (세트)

마도신기
한글통기
4
강태훈
新무협 판타지 소설
FANTASTIC
ORIENTAL HEROES
魔刀神器
도서출판
청어람

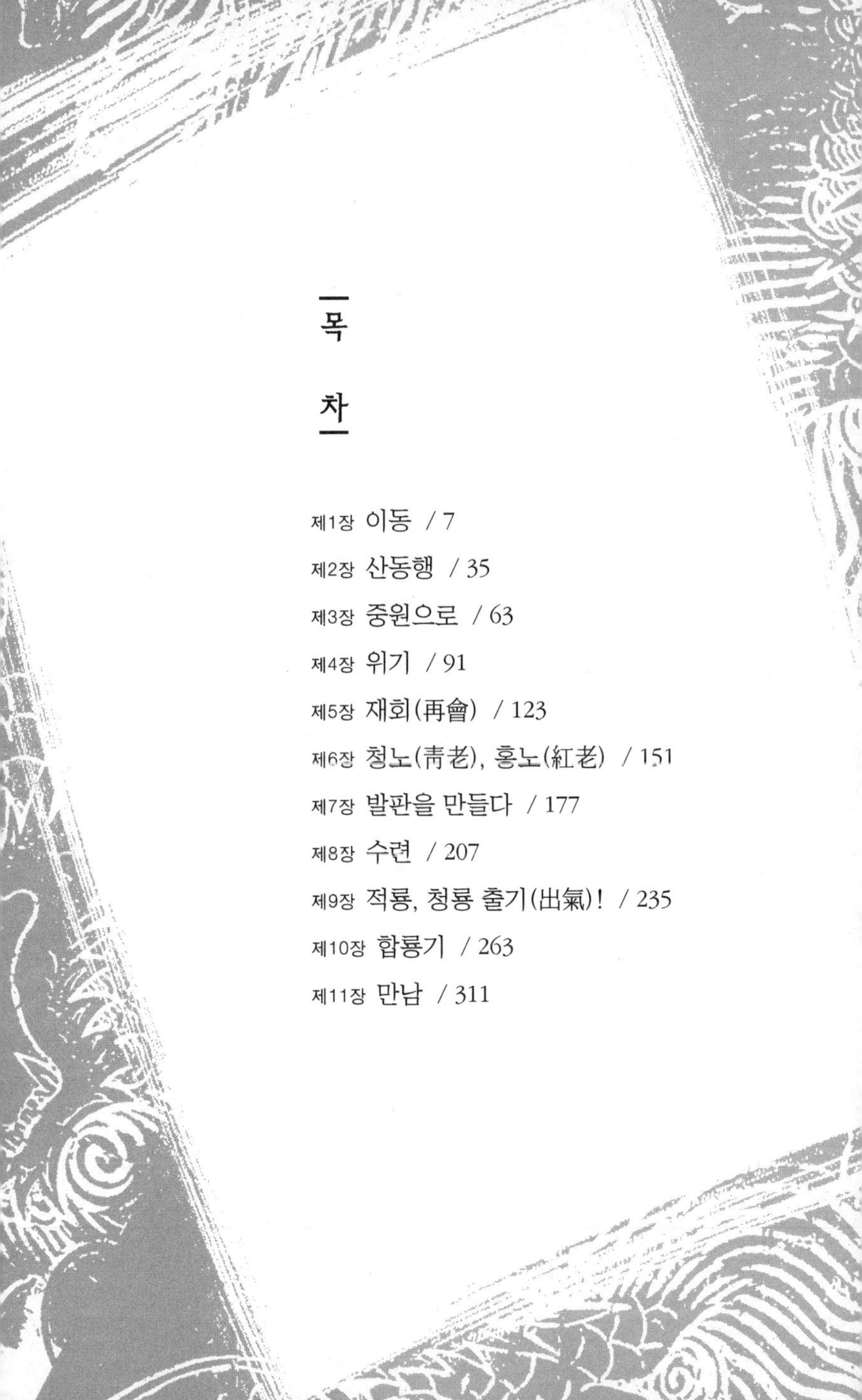

목차

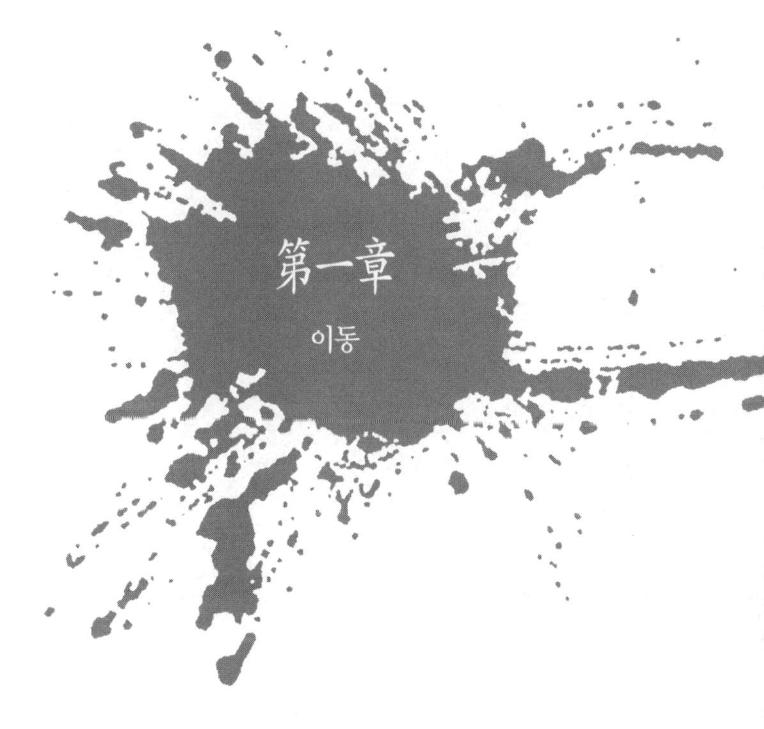

第一章
이동

魔刀神器

　운현의 거치에 잠입한 사내들의 정체를 안 정미현은 약간 안심을 했지만 붉은 머리의 청년이 계속해서 운현을 뜯어보고 있자 점점 짜증이 치밀고 있었다.

　물론 운현이 의식을 잃고 있어 붉은 머리의 사내가 그런 행동을 하고 있어도 그 자신은 모르겠지만 옆에서 보는 사람 입장에서는 그 행동이 너무 짜증났다.

　"이제 그만 하면 안 되나요?"

　"음? 아, 알았어요. 어?"

　얼떨결에 정미현의 말에 대답한 붉은 머리의 청년은 정미현의 얼굴을 보고는 깜짝 놀랐다.

'아, 아름답다!'

너무나도 아름다운 그녀의 얼굴. 무표정보다 지금처럼 약간 아미를 찡그리고 있는 모습이 더 아름답게 느껴졌다.

"이제 안 할게요."

붉은 머리의 청년이 순순히 말을 듣자 청색 머리의 중년인이 의아한 표정을 지으며 그에게 물었다.

"염천, 무슨 꿍꿍이냐?"

"무슨 꿍꿍이냐니? 무슨 소리야, 이 아저씨야!"

"조용히 좀 하지요? 여기는 무당이고, 당신들은 무단 침입한 사람들이에요. 사람들이 나타나면 어쩌려고 그래요?"

정미현의 말에 '염천' 이라 불린 청년과 청색 머리의 중년인이 입을 다물었다.

"그런데 이름이 염천인가 보죠? 염 씨인가요?"

"아, 아니요. 제 이름은 갈염천(罡炎天)입니다."

"제 이름은 악규영(顎揆映)이오."

갈염천과 악규영이 각자 자신의 소개를 했다.

"저는 정미현이라고 해요."

'이름도 예쁘구나!'

정미현이 자신의 소개를 하자 갈염천은 속으로 감탄에 감탄을 거듭하고 있었다.

외모며 목소리며 이름까지. 하나도 아름답지 않은 것이 없었다.

"이곳은 어떻게 찾은 것이죠?"

"아!"

그제야 갈염천은 자신이 아무것도 이야기하지 않았다는 사실을 알았다. 그리고는 무엇이 그리도 좋은지 웃는 얼굴로 입을 열었다.

"그게, 얼마 전에 이곳 무당산에서 큰 기운 하나가 느껴졌죠. 저희는 사부님의 명령을 받아 구룡검의 주인을 찾아 나선 상황이었고, 그러던 와중에 이곳에서 느껴진 기운을 따라 이렇게 오게 되었습니다."

갈염천의 말에 정미현이 악규영을 바라보았고, 악규영은 말없이 고개를 끄덕였다.

"제 말을 못 믿는 겁니까?"

"예? 아, 그런 것이 아니라!"

정미현이 당황하여 소리쳤다. 하지만 이내 목소리가 너무 컸다는 것을 깨닫고는 자신의 입을 틀어막았다.

갈염천과 악규영은 혹시나 누군가가 오지는 않을까 오감을 넓혀 주변을 살폈다.

다행스럽게도 아무도 듣지 못했는지 다가오는 사람은 없는 것 같았다.

"아무튼 시간을 벌었네요. 사실 이번 싸움이 끝나면 운현하고 찾아 나서려던 참이었거든요."

정미현의 말에 악규영이 고개를 저으며 입을 열었다.

“그렇게 느긋하게 찾을 생각이었다면 우리가 먼저 찾아 온 것이 천만다행이오.”

“예? 그것이 무슨 말이죠?”

“그들이 움직이기 시작했소.”

“그들이라면?”

“육천룡문이오. 나머지 여섯 용이 모여 만든 문파이지. 정파나 사파, 그 어느 문파들보다도 강력한 힘을 자랑하지.”

움직임이 있다는 사실은 알고 있었지만 그들이 문파를 만들었다는 사실까지는 모르고 있던 정미현이었다.

“그렇군요. 정말 다행이라 할 수 있군요.”

“우리의 임무는 구룡검의 주인을 데리고 사부님들이 계시는 곳으로 가는 것. 하지만 이렇게 누워 있어서야…….”

악규영의 시선이 침상에 누워 있는 운현에게로 향했다. 어서 운현이 깨어나야 일을 진행할 수 있을 것이었다.

“그나저나…….”

갈염천이 입을 열었고, 정미현과 악규영이 그를 바라보았다. 그러자 다시 갈염천의 입이 열렸다.

“우리는 어디서 지내지?”

그의 말에 악규영과 정미현은 아무런 말도 할 수가 없었다.

갈염천과 악규영은 일단 무당산 아래로 내려갔다. 균현의 객점에 머물면서 매일 밤 운현의 거처에 들르기로 한 것이다.

객점에 자리를 잡고 앉은 두 사람은 일단 요기부터 하기 시
작했다. 운현의 상태를 먼저 확인하기 위해 무당산에 오르느
라 끼니를 거른 것이었다.

"어떻게 생각해, 아저씨?"

"무엇이."

"그 사람 말이야, 운현이라는 사람."

"그 사람에 대해서 우리가 평가해야 할 것이 있는가? 그는
구룡검이 인정한 주인. 우리는 그를 돕는 조력자의 입장에만
충실하면 된다."

"재미없기는. 하지만 어떤 사람인지 정도는 알아야 하지
않겠어?"

"아직 의식도 찾지 못하고 있는 사람이다. 아직 아무것도
몰라."

"하지만 첫인상이라는 것이 있잖아. 생긴 것을 보고 알 수
있는."

"사람의 외모를 보고 모든 것을 판단하는 것은 좋지 못한
습관이다. 사람은 외모로 절대 평가할 수 없어."

"그래도 느낌이라는 것이 있잖아, 느낌. 아저씨도 사람이
라면 그런 것이 있었을 것 아니야?"

계속되는 갈염천의 집요한 물음에 거의 무표정이던 악규
영의 얼굴에 살짝 인상이 찌푸려졌다.

"그러는 너는 그에 대해서 어떤 것을 느꼈느냐?"

"약해."

"약해?"

"어, 약해. 그렇게 나약한 사람이 어떻게 구룡검의 주인이 될 수 있지?"

"무엇을 보고 나약하다고 생각한 것이냐?"

"그는 황룡기를 익혔다고 했어. 게다가 원래 가지고 있던 내공도 있다고 했지. 그런데? 그 정도 힘을 가지고 저렇게 의식불명이 된단 말이야? 나 같으면 절대로 그런 모습을 보이지 않아."

"어떤 상황에 닥쳤었는지 아무도 모른다. 들리는 소문에 녹림도 이백 명과 맞서 싸워 이겼다더군. 할 수 있나?"

"녹림도 이백? 그래 봤자 녹림이야. 안 그래? 몇몇 사람들을 제외하고는 일반 백성들과 다를 바 없는 산적들이라고."

"아무리 그래도 이백이라는 숫자를 혼자 감당할 수는 없는 노릇이다."

"그건 그렇지. 하지만… 그래도 약해."

"못 말리겠군."

"그런데 언제 떠날 생각이야? 시간이 없어."

"우리가 떠날 날짜를 정한다고 해서 떠날 수 있는 상황이 아니다."

"그래도 생각해 놓은 날짜는 있을 것 아니야?"

"삼 일 후."

"삼 일? 그때에도 못 일어나면?"

"그럼 그때에는……."

악규영이 미지근하게 식은 만두 하나를 집어 들며 말했다.

"의식을 찾으면 들쳐 업고라도 떠난다. 최대한 빨리."

"아저씨다운 방법이네."

갈염천도 만두 하나를 집어 들었다.

"윽! 맛없어."

인상을 찌푸리는 갈염천과 아무 소리 없이 만두를 씹어 먹는 악규영이다.

악규영이 얘기한 삼 일이 지났다. 어제까지도 운현이 깨어나지 못한 것을 확인하고 악규영과 갈염천은 내려갔다.

그 전날과는 달리 어제 무당산을 내려가는 그들의 얼굴에는 약간의 걱정이 묻어 있었다.

자신들도 무공을 익힌 사람들이고, 의식을 잃을 정도의 부상을 입은 상황에선 의식을 찾아도 몸이 정상이 아니라는 것 정도는 잘 알기 때문이다.

의식을 찾고 하루라도 편히 쉴 시간이 있어야 몸은 정상을 향해 회복 작용을 하는 법이다. 그것을 알기에 운현이 깨어나자마자 데리고 떠나는 그런 일이 없기를 바라는 그들이었다.

정미현 역시 지금 상황이 심상치 않다는 사실은 매일같이 올라와서 운현의 상태를 확인하고 내려가는 그들의 모습에서 알 수 있었다.

그렇기 때문에 운현이 한시라도 빨리 의식을 찾고 몸을 회복하기를 바라고 있었다.

“으음……!”

그렇게 삼 일이 지난 오늘, 운현의 입에서 처음으로 신음 소리가 나왔다. 계속 운현의 곁에 있다가 잠시 쉬기도 할 겸 창밖을 보고 있던 정미현은 그 소리에 득달같이 달려가 운현의 옆에 앉았다.

“운현, 운현! 괜찮아요? 정신이 좀 들어요? 눈 좀 떠봐요! 운현!”

다급하게 소리치는 정미현. 그것도 운현의 얼굴 가까이에 자신의 얼굴을 가져다 대고서.

그렇게 일각도 채 지나지 않았을 때, 운현의 눈이 서서히 떠졌다.

“운현!”

정미현이 너무 기쁜 나머지 크게 소리쳤다. 그러자 운현의 이마에 주름이 생기기 시작했다.

“…저……”

“네? 크게 말해봐요.”

잘 들리지 않는 운현의 목소리에 정미현은 운현의 입가로 자신의 귀를 더욱더 바짝 가져다 대었다.

“정 소저… 귀청… 떨어지겠어요.”

“풉!”

운현의 말에 웃음을 터뜨리고 마는 정미현이었다.

정신을 차리고 한 시진이 지나자 운현의 정신은 더욱더 또
렷해졌다.

처음 눈을 떴을 때에는 너무 무거워서 움직이기 힘들었던
몸도 이제는 점점 가뿐해짐을 느꼈다.

하지만 지금 이 순간, 운현은 당혹스러움을 감추지 못했다.

“왜 그래요?”

운현의 표정에서 무언가 잘못되었다는 것을 느낀 정미현
이 조심스럽게 물었다.

“느껴지질 않아요.”

“네?”

“황룡기가… 느껴지질 않아요.”

“……!”

운현의 말에 정미현도 당황스럽기는 마찬가지였다. 황룡
기가 느껴지지 않는다? 그렇다면 흩어졌단 말인가?

운현은 당혹스런 표정으로, 정미현은 알 수 없는 일이라는
표정으로 서로를 바라보았다.

“혹시 착각한 것 아니에요? 다시 한 번 확인해 봐요.”

정미현의 말에 운현은 고개를 저었다. 아무리 다시 보아도
텅 비어 있는 중단전이다.

도대체 어떻게 된 일일까?

운현의 얼굴에는 근심이 가득했다. 물론 태극진기의 위력이 약한 것은 아니다. 하지만 합룡기를 익히기 위해서는 황룡기를 쌓아 공기의 단계에 들어야만 한다.

'잠깐. 공기의 단계?'

운현이 고개를 번쩍 들었다. 그리고는 정미현을 바라보았다. 정미현 역시 무언가 떠오른 것이 있는지 고개를 들어 운현을 바라보았다.

"공기의 단계?"

"공기의 단계?"

운현과 정미현이 동시에 말했다. 둘 다 공기의 단계에 든 것이 아닐까 하는 생각을 한 것이었다.

정미현이 공기의 단계까지 경험해 보았다면 무슨 말을 해줄 수 있었겠지만, 그렇지 않기에 해줄 수 있는 조언이 없었다.

"이게 공기의 단계가 맞을까?"

"글쎄요. 저도 경험을 해본 적이 없으니… 할아버지가 계셨다면 아실 텐데."

정미현이 정 노인의 이야기를 꺼내면서 잠시 생각에 잠겼다. 감숙성에 남아 있을 정 노인을 생각하는 모양이었다.

"이번 일이 정리가 되면 한번 가봐요."

"아!"

"왜요?"

정미현이 무언가 생각난 듯 손을 탁! 치며 소리치자 운현이 궁금하다는 듯 그녀를 바라보았다.

"그들이 찾아왔어요."

"그들이라뇨? 누구를 말하는 거예요?"

"적룡과 청룡이요."

"……!"

운현은 너무 놀라 말을 잇지 못했다. 마교와의 일전이 끝나면 찾으려 했던 그들이 자신을 찾아왔다고 하니 당연한 것이었다.

"지금 어디 있어요?"

"일단은 무당산 밑에 있어요. 아마 해가 지면 또 올 거예요. 그때 보세요."

"그렇게 하죠."

하지만 운현은 그들이 빨리 왔으면 하는 모양이었다. 그들이 어떻게 생겼는지, 자신을 어떻게 찾았는지, 지금 상황은 도대체 어떻게 돌아가는지 등 궁금한 것이 너무나도 많았던 까닭이다.

게다가 그들이라면 지금 자신의 상태가 공기의 단계인지 아닌지 확실하게 답변해 줄 수 있을 것 같았다.

'그들이 나를 찾아오다니…….'

운현은 믿을 수 없다는 표정으로 허공을 바라보고 있었다.

저녁이 되었다. 산속이라 해는 조금 더 빨리 저물었고, 산 밑은 아직 노을빛으로 물들어 있을 시간이지만 무당파에는 서서히 땅거미가 지고 있었다.

해가 지기 시작하자 운현은 그들이 어서 오기를 손꼽아 기다렸다.

한 식경 정도가 지나고 무당파에 완전한 어둠이 깔렸다. 각 방에서 나오는 불빛과 간간이 켜놓은 횃불에 의해서만 약간의 밝음이 있을 뿐, 다른 곳은 칠흑과 같은 어둠이었다.

"어? 깨어났네?"

갈염천이 운현의 거처에 도착하자마자 한 말이었다. 그리고 그 뒤를 따라온 악규영은 별다른 말을 하지 않았다.

"기다리고 있었습니다. 운현이라고 합니다."

운현이 포권을 하며 그들에게 인사했다. 그러자 늦게 들어온 악규영이 먼저 포권을 했고, 그를 따라 갈염천 역시 포권을 하며 허리를 굽혔다.

"악규영이라 하오."

"갈염천이라고 합니다."

짤막하게 자신들의 소개를 하는 그들. 굳이 누가 무슨 기운을 익혔다고 하지 않아도 알 수 있을 정도로 그들의 머리 색깔은 눈에 확 들어왔다.

"만나서 반갑습니다."

"몸은 좀 어떠시오?"

"내상이나 외상은 다 치유가 된 상태입니다. 하루에서 이틀 정도 쉬면 완치가 될 것 같습니다."

"음……."

악규영이 약간 곤란하다는 표정을 지으며 턱을 매만졌다.

"역시… 약해."

뜬금없이 갈염천이 운현을 바라보며 말했다. 그에 악규영이 당황한 듯한 표정을 지었고, 당사자인 운현은 어찌할 바를 몰라 얼굴이 시뻘겋게 달아올랐다.

대놓고 자신이 약하다고 하니 당연한 일이었다.

"무슨 버릇없는 행동이냐! 사과해라! 죄송하오. 이 녀석이 버릇이 좀 없소."

악규영이 당황하여 운현에게 사과했고, 운현은 여전히 벌겋게 달아오른 얼굴로 살짝 고개를 끄덕였다.

"하지만… 약해!"

갈염천이 사과는 하지 않고 다시 한 번 운현이 약하다는 말을 했다. 그에 보고 있던 정미현이 나섰다.

"운현의 어떤 모습을 보고 그런 소리를 하는 것이지요?"

"황룡기를 익혔다 하지 않았습니까? 그런데 이 정도라면 약하지요."

그러자 정미현이 살짝 미소를 지었다. 그녀의 미소에 갈염천은 마치 혼을 빼앗긴 것처럼 넋을 잃고 바라보았다.

"그렇다면 오해를 한 모양이네요. 운현은 지금 공기의 단계에 들어 있습니다. 그러니 황룡기는 느껴지지 않겠지요."

"……?!"

"……!"

운현이 공기의 단계에 들었다는 말에 갈염천과 악규영은 놀란 표정을 지었다.

설마하니 벌써 공기의 단계에 들었을 것이라고는 생각도 못하고 있던 까닭이다.

"축하하오."

"축하합니다."

악규영과 갈염천이 운현에게 축하의 말을 건넸다. 이제 합룡기를 익힐 토대가 완성된 것이기 때문이었다.

"감사합니다만, 저도 도대체 어떻게 된 것인지 알 수가 없어서……. 하하!"

운현이 멋쩍게 그들의 축하를 받았다. 자신도 도대체 어떻게 공기의 단계에 들었는지 모르고 있기 때문이다.

"무슨 말씀이시오?"

"그것이… 분명 의식을 잃기 전에는 공기의 단계에 든 상태가 아니었습니다. 하지만 깨어나 보니 중단전에 있던 황룡기가 전혀 느껴지지 않더군요. 그사이에 도대체 무슨 일이 있었는지 알 수가 없습니다."

"음……."

악규영과 갈염천 역시도 알 수 없다는 듯이 심각한 표정을 지었다.

"아무래도 사부님께 가봐야 알 수 있을 것 같군요. 저희도 정확히는 잘 모르겠습니다."

"그렇군요."

운현이 약간 실망한 것 같은 표정을 지었다. 이들이라면 알 수 있을 것이라는 기대를 했기 때문이다.

"자, 그럼 서둘러 떠나지요."

"무슨 말씀인가요? 떠나다니요?"

떠나자는 악규영의 말에 정미현이 물었다. 아직 운현은 몸이 완전하지 못한 상태. 이런 몸을 하고는 어디도 갈 수 없었다.

"말씀드리지 않았소? 지금 상황이 급박하게 돌아가고 있소. 어서 운 소협이 합룡기를 익혀야 하오. 그러려면 지금 당장에라도 사부님들이 계신 곳으로 가야만 하오."

"하지만 운현은 아직 몸이 완전치 못하단 말이에요!"

"그것을 모르는 바는 아니지만 어쩔 수가 없소이다."

악규영의 말에 정미현은 기가 막힌다는 표정을 지으며 그를 바라보았다.

"몸도 성치 않은데 어딜 간다는 거예욧!"

정미현이 앙칼지게 소리쳤다. 그에 악규영 역시 난감하다는 표정을 지었다.

“정 소저.”

운현이 정미현을 진정시켰다. 그리고는 악규영을 보며 입을 열었다.

“반 시진 정도 시간을 줄 수 있겠습니까?”

“그 정도는 드릴 수 있소이다.”

“고맙습니다.”

“운현!”

정미현이 운현을 보고 소리쳤다. 아직 완전하지 않은 몸으로 장거리를 이동하겠다는 운현이었다.

“괜찮아요. 특별히 아픈 곳도 없고, 체력적으로 조금 떨어져 있기는 하지만 이 정도는 문제가 안 돼요. 그러니 걱정 말아요.”

“하지만…….”

“잠깐만 여기 있어요. 사부에게 다녀올게요.”

“…알았어요.”

정미현이 마지못해 대답했다. 그러자 살짝 미소를 지은 운현은 청산의 거처가 있는 곳으로 발걸음을 옮겼다.

아직 밤이 깊지 않았기 때문인지 청산의 거처에는 불빛이 환하게 빛나고 있었다.

그의 거처에 다다른 운현은 그곳으로 들어가지 못하고 있었다. 예전에 자신이 갑자기 사라졌을 때에도 마음고생이 심

하셨는데, 의식을 회복한 날 이렇게 떠나겠다고 찾아왔으
니…….

"후우…….."

운현이 크게 심호흡을 한 번 했다. 청산에 대한 미안함과
고마움이 두고두고 마음에 남을 것 같았다.

"밖에 누구냐?"

운현의 기척을 느꼈는지 청산이 안에서 물었다. 그에 운현
이 안에다가 말했다.

"사부, 접니다."

"응? 운현이냐? 의식을 차린 모양이구나!"

청산이 문을 열고 밖으로 나왔다. 운현이 쓰러져 있는 동안
마음고생이 심했는지 얼굴이 많이 수척해져 있었다.

"그래, 이제 몸은 좀 괜찮은 것이냐?"

"예, 괜찮습니다."

"다행이구나. 어서 들어와라. 저녁 공기가 차구나."

청산이 운현을 안으로 데리고 들어갔다. 그리고는 따뜻한
곳에 자리를 내주며 운현을 앉혔다.

"그래, 도대체 무슨 일이 있었던 것이냐? 마지막의 그 거대
한 기운은 또 무엇이고?"

"사라졌던 일곱 명의 채주는 모두 마교에 가 있었습니다."

"마교에?"

"예. 마교에서 그들에게 사술을 시술했는지 그들은 이지를

제압당한 상태였습니다. 게다가 사술 때문인지 그들의 실력 역시 전과 비교도 되지 않을 만큼 강해져 있었고요.”

“어느 정도나 되었길래?”

“과거 오귀문과 필적할 정도였습니다.”

“뭐라고!”

청산은 놀란 표정을 지었다. 운현이 나타나기 전까지 오귀문과 대적할 수 있는 정파 고수는 없었다.

그것을 생각하면 오귀문과 필적할 정도의 적 일곱 명이면 엄청난 위력을 자랑하는 것이라 할 수 있었다.

“그래서 어떻게 되었느냐?”

“다행이도 이길 수 있었지만 정신을 잃고 말았습니다. 그 이후부터는 어떻게 되었는지 기억이 나질 않고요.”

“그래?”

“예.”

“하마터면 큰일 날 뻔했구나. 한 명도 힘든데 일곱이었다니…….”

청산이 걱정스런 표정을 지으며 말했다. 그에 운현 역시 그 때를 떠올리며 고개를 끄덕였다.

“사부.”

“음? 말해봐라.”

“무당을 떠나야 할 것 같습니다.”

“……!”

갑작스런 운현의 말에 청산은 놀란 듯 아무런 말도 하지 못했다.

"어딜 가겠다는 것이냐! 몸도 성치 않으면서!"

예상했던 청산의 반응. 그렇기에 운현은 크게 동요하는 모습을 보이지 않았다.

"지금은 말씀드리기가 곤란합니다. 꽤 오랜 시간 떠나 있어야 할 것 같습니다."

"사부인 내게도 말할 수 없다는 말이냐!"

"죄송합니다."

운현이 고개를 숙였다. 지금까지 자신을 길러준 청산에게 너무나도 죄송했다. 순간 청산에게 말을 할까 하는 생각도 해 보았지만, 말을 하면 분명 무당 전체를 그 일에 끌어들이려 할 것 같아 그럴 수는 없었다.

청산은 흔들리는 눈빛으로 운현을 바라보았다.

코흘리개 아이였던 운현을 받아들여 제자로 키우고, 지금껏 자신의 품 안에 있는 아이라 생각했다.

하지만 지금 눈앞에 있는 운현은 언제까지고 자신의 품 안에 있는 어린아이가 아니라 자신의 삶을 스스로 개척해 나가려는 성인이었다.

'언제 이렇게 컸단 말인가!'

너무나도 대견한 제자. 자신은 상상도 하지 못할 정도로 큰 그릇을 가지고 있는 제자였다.

그런 제자가 해야 할 일이 있어 떠나겠다는 데 아쉬움을 핑계로 붙잡을 수는 없는 노릇이었다.

"솔직히 나는 네가 떠나지 않기를 바란다."

청산의 말에 운현은 아무런 대꾸도 하지 않았다. 아니, 하지 못했다. 청산의 목소리에 묻어 나오는 진한 아쉬움을 느꼈기에.

"아니, 꼭 떠나야 한다면 나에게 이유라도 말해주고 떠났으면 했다."

"죄송합니다."

밝힐 수는 없다. 훗날 자신이 다시 돌아오면, 그때는 당당하게 이야기할 수 있을지 몰라도.

"그렇다면 어쩔 수 없지. 떠나야 한다면 떠나야지. 하지만 이것 한 가지만 명심하거라."

"예, 말씀하십시오."

운현의 말에 청산이 잠시 말을 끊었다가 이었다.

"너는 어디를 가나 우리 대무당의 자랑스러운 제자다. 지금까지 무당이 배출한 그 어떤 제자들보다도 네가 뛰어나다고 이 사부는 자신할 수 있다. 그리고……."

청산이 잠시 말을 끊었다. 제자를 떠나보낼 생각을 하니 목이 메는 모양이었다.

"네가 앞으로 어떤 길을 가든 너는 나의 사랑스런 제자다. 눈에 넣어도 아프지 않을, 그런 사랑스런 제자."

"사부……."

운현도 눈물이 쏟아져 나올 것 같았다. 사부의 사랑. 그 일할도 채 갚지 못했는데 이렇게 떠나야 한다는 사실에 너무나도 죄송스럽고 고마웠다.

"명심하겠습니다."

"그래, 고맙구나."

청산이 미소를 지었다. 제자가 떠나는 마당에 추한 모습을 보일 수는 없었기에.

"이것 하나는 말씀드릴 수 있습니다."

운현이 자리에서 일어나기 전에 입을 열었다. 다는 이야기하지 못해도, 겉으로는 웃고 있어도 속으로는 걱정과 불안이 가득할 청산을 안심시키는 말은 할 수 있었다.

"제가 가려는 길은 무당의 명성과 사부의 명성에 절대 누가 되는 일이 아니며, 중원무림을 위한 길입니다. 이것 하나는 자신있게 말씀드릴 수 있습니다. 그러니 너무 심려치 마십시오."

"그런 것은 걱정하지 않는다. 내 제자가 그런 길을 갈 리가 없지 않느냐? 내가 걱정하는 것은 네 몸이 상할 것 같아 걱정하는 것이고, 무당이나 내 명성이 아닌 네 명성에 작은 티가 되는 일일까 봐 걱정을 하는 것이다. 지금의 너는 무당이나 이 사부의 이름보다 더 가치 있는 이름을 가지고 있다. 무당이나 이 사부의 이름보다는 네 이름에 흠을 내는 일은 하지 않을 생각을 먼저 해야 한다는 말이다. 알겠느냐?"
"명심하겠습니다."
"그래, 언제 떠날 생각이냐?"
"일이 급하게 되어 잠시 후에 떠날 생각입니다."
"그렇구나. 내일 날 밝고 떠나면 더 좋을 것을……."
청산의 말에 운현은 다시 고개를 들지 못했다.
"정 소저도 같이 가는 게냐?"
"예."
"그래, 몸 조심히 잘 가거라."
"죄송합니다."
"아니다. 가거라."
"예."
운현이 자리에서 일어나 천천히 구배지례(九拜之禮)를 올렸다. 그런 운현을 청산은 바로 앉아 똑바로 바라보았다.
"몸 건강하십시오."
"가거라."
청산의 말에 운현이 그곳을 나왔다.
울음이 쏟아지려 한다.
이번 일이라도 마무리 짓고 떠나면 좋을 것을.
조금이라도 사부의 은혜에 보답하고 가면 좋을 것을.
그동안 너무 무심했던 것은 아닌지…….
너무나 많은 일들이 생각나고 너무나 많은 후회를 하는 운현이었다.

"가죠."

운현은 자신의 거처 밖에서 자신을 기다리고 있는 갈염천과 악규영, 정미현을 보고 말했다.

운현이 자신의 사부와 이야기를 나누고 왔을 거라는 것을 짐작하고 있는 그들이기에 운현에게 아무런 말을 하지 않았다.

정미현 역시 안쓰러운 눈빛으로 운현을 바라보기만 할 뿐 아무런 말도 하지 않았다.

헤어지는 슬픔을 잘 알기에.

자신도 겪어본 일이기에.

그렇게 정미현은 운현에 대한 연민을 더욱더 마음속에 키워갔다.

운현을 포함한 네 명은 그 길로 무당산을 내려갔다.

무당산을 내려온 그들은 객점에서도 쉬지 않고 곧바로 길을 걸었다.

"어디로 가는 건가요?"

아직까지 갈염천과 악규영의 사부가 어디에 있는지 모른다는 것을 깨달은 정미현이 물었다.

"산동까지 가야 하오."

"산동……."

엄청나게 먼 거리. 이대로 걷는다면 두 달이 걸려도 도착하기 어려운 거리였다.

"설마 그냥 이렇게 걸을 생각은 아니지요?"

"걱정 마시오, 마차를 구할 생각이니. 운 소협의 몸이 아직 완전치 않아 생각한 것이오."

마치 운현이 멀쩡하다면 그냥 걸어갈 생각이라고 하는 것 같아 정미현은 기가 차다는 표정을 지었다.

하지만 정작 운현은 별다른 반응을 보이지 않았다. 청산과의 이별 때문인 듯했다.

"사내자식이 고작 그런 것 가지고……."

갈염천이 작게 중얼거렸다. 하지만 가까이에서 걸어가는 나머지 세 명에게 그 소리가 안 들렸을 리가 없었다.

그에 악규영과 정미현은 갈염천에게 눈을 흘겼다. 하지만 정작 운현은 괜찮다는 듯 다른 말을 하지는 않았다.

"말 좀 들어라."

악규영의 말에 갈염천이 뒷머리를 긁적이며 입을 삐죽 내밀었다.

갈염천을 한 번 흘겨본 악규영은 곧바로 마차를 구하기 위해 어디론가 향했다. 그리고 이어진 잠시 동안의 어색한 침묵.

운현은 허공만 바라보고 있었고, 정미현은 그런 운현을 걱정스런 눈빛으로 바라보고 있었으며, 갈염천은 정미현과 운현을 번갈아 바라보고 있었다.

"자, 타시오."

미리 준비를 해놓은 모양인지 악규영은 금방 마차를 구해왔다. 그에 갈염천이 먼저 마차에 올랐고, 그 다음으로 정미현이 올랐다.

'사부. 무당.'

마차에 오르기 전 운현이 한 번 더 무당산을 바라보았다. 마치 사부인 청산이 지금 마차에 오르려는 자신을 바라보고 있는 것 같았다.

'갈게요.'

운현은 마차에 올랐다. 그리고 마지막으로 악규영이 마부석에 앉아 마차를 몰기 시작했다.

그렇게 운현은 무당과 청산이라는 거대한 울타리에서 벗어나 홀로서기를 위한 세상으로의 첫걸음을 내딛게 되었다.

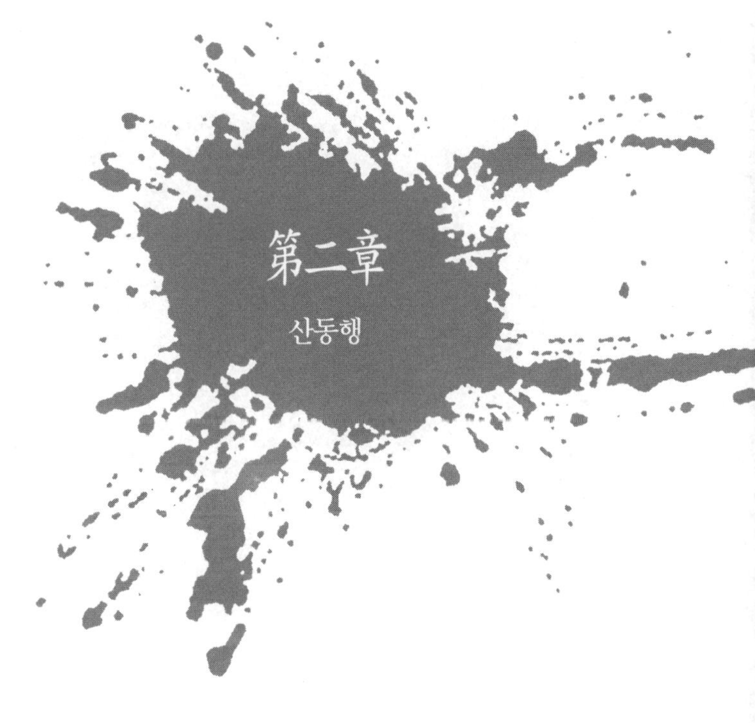
第二章
산동행

魔刀神器

마차는 빨랐다. 준마(駿馬)들만 골랐는지 말들은 지친 기색 없이 쉬지 않고 달렸다.

그렇게 달려 날이 밝을 때가 되자 호북성을 빠져나와 하남성으로 들어갈 수 있었다. 세 시진 이상 되는 시간을 달려왔지만 마차 안에서는 아무런 대화가 없었다.

운현은 회복이 완전하게 안 된 상황이고, 정미현은 며칠 밤낮을 제대로 못 자 피곤에 절어 있는 상황이었기 때문이다.

서로에게 기대어 손을 마주 잡고 잠들어 있는 정미현과 운현을 앞에 두고 갈염천 혼자 무슨 말을 하랴. 그도 억지로 잠을 청할 수밖에 없었다.

하지만 그것도 잠시, 억지로 잠을 청한 만큼 눈도 빨리 떠질 수밖에 없었다. 자리도 불편하고.

"쳇!"

너무도 다정한 두 사람의 모습에 갈염천은 절로 질투심이 올랐다. 사내대장부로서 이런 모습을 보이는 것은 속 좁은 행동이라는 것을 알면서도 인간의 본성은 어쩔 수 없는 모양이었다.

'저런 놈이 뭐가 그리 좋다고.'

갈염천이 보기에 운현은 자신보다 작고, 자신보다 못생긴 얼굴이었다. 물론 실제로 키는 갈염천이 더 크기는 하지만 외모에 대한 판단은 지극히 주관적인 것이었다.

끼이익!

다그닥! 다그닥!

갈염천은 문을 열었다. 찬바람과 함께 말발굽 소리가 요란하게 들려왔다.

"흐이짜!"

갈염천이 놀라운 몸짓으로 마부석에 몸을 날렸다. 그리고는 다리를 쭉 뻗어 문을 닫았다.

"뭐 하러 나왔냐?"

"그냥. 심심해서."

"둘은?"

“자.”

악규영은 고개를 끄덕였다. 둘이 잔다. 분명 둘 사이도 심상치 않아 보이는데, 손을 잡고 자든 부둥켜안고 자든 분명 둘 중에 하나일 것이다.

“정 소저가 좋으냐?”

“무, 무슨!”

정곡을 찌르는 악규영의 말에 갈염천이 소리를 질렀다. 큰 소리였지만 바람 소리와 말발굽 소리에 그냥 묻혀 버렸다.

“뭐 어떠냐? 남자가 여자를 좋아하는 것은 당연한 것이거늘.”

악규영의 말에 갈염천은 아무런 대답도 못하고 그저 고개만 숙였다.

“정말이군.”

“뭐야! 지금 떠본 거야?!”

확신하는 악규영의 말에 갈염천이 고개를 쳐들며 그를 바라보았다. 그러자 악규영의 입가에 미소가 번졌다.

“오랜만에 보네.”

“뭘?”

“아저씨 웃는 거.”

“그런가?”

“맞아. 사부님들을 만나고 나서 아저씨가 웃는 거 한 번도 본 적이 없어.”

“그렇군.”

악규영 본인이 생각해 봐도 지금껏 잘 웃지 않은 것 같았다.

‘청룡기 때문인가?’

아니다. 그의 사부만 보아도 잘 웃지 않는가?

“모르겠군.”

“어! 마을이다!”

갈염천이 앞쪽에 보이는 마을을 향해 소리쳤다. 마차 안에서 짧게 잤을 뿐인데 몸이 뻐근한 것 같았다.

“대단한 사람들이야.”

갈염천은 마차 뒤쪽을 슬쩍 바라보며 중얼거렸다. 그 안에서는 운현과 정미현이 아직도 잠을 청하고 있었다.

“마을에 가서 좀 쉬자. 배도 고프군.”

“비싼 걸로 먹자.”

“돈 없다.”

“쳇!”

투덜거리는 갈염천과 표정 없는 악규영이다.

마을에 들어서자마자 운현과 정미현은 잠에서 깨어났다. 마치 이때를 기다리고 있었다는 듯 기막힌 순간에 눈을 뜨는 두 사람이다.

그 불편한 마차 안에서 잠을 자는 것도 대단하다고 생각한

갈염천인데, 정확한 시간에 맞춰 눈을 뜨는 것은 또 어떻게
보였겠는가.

'정말 대단해!'

혀를 내두르는 갈염천이다.

우드득!

"윽!"

운현이 마차에서 내려 기지개를 켜자 마치 뼈마디가 부러
지는 것 같은 소리가 났다.

그것은 정미현도 마찬가지. 기지개를 켜고 아픔보다 쑥스
러움에 고개를 숙이는 그녀다.

"객점에 들어가서 요기라도 좀 하시지요. 그리고 방을 잡
고 잠시 쉬도록 하겠습니다."

"아, 많이 피곤하십니까?"

운현의 물음에 악규영이 고개를 저었다.

"저는 괜찮습니다."

그러면서 고개를 갈염천 쪽으로 돌리는 악규영. 그의 의사
를 묻는 눈빛이다.

"나도 그다지……."

"그렇다면 방까지 잡을 것이 뭐 있겠습니까? 돈도 많이 들
고. 그냥 객점에서 식사하고 잠시 쉬다가 출발하도록 하죠."

"괜찮으시겠소? 몸도 완전치 않은데."

"괜찮습니다. 방을 잡고 쉬는 것은 다음 마을에 들어가서

하지요. 반나절이면 마을이 하나 더 나오지 않겠습니까?"

운현의 말에 악규영은 고개를 끄덕였다. 서둘러 가자는 운현의 말에 고마움을 느끼는 그다.

"그럼 그렇게 하겠소."

악규영과 갈염천이 먼저 객점 안으로 들어갔다. 그러자 정미현이 약간 삐친 듯한 표정으로 운현에게 말했다.

"전 쉬고 싶어요."

그녀의 모습에 살짝 미소를 지은 운현이 말했다.

"조금만 참아요. 저녁때에는 편안하게 쉴 수 있을 거예요."

"그래도……."

너무 피곤해서 마차 안에서 잠이 들기는 했지만 많이 불편한 모양이었다. 하긴 지금까지 그런 곳에서 잠들어본 적이 없었을 테니.

"들어가요. 배고프죠?"

끄덕.

운현의 말에 고개를 끄덕이며 객점 안으로 따라 들어가는 정미현이다.

객점 안으로 들어가서 간단하게 식사를 하는 그들. 운현은 최대한 고개를 숙이고 있었다. 그는 이미 중원 전체에 이름이 널리 퍼져 있는 사람. 혹시라도 자신을 알아보는 사람이 있을까 해서이다.

딱히 적이 나타날 상황은 아니지만 귀찮은 상황이 발생할 수 있기 때문이었다.

식사를 하는 동안에도 별다른 대화가 없었다. 워낙 배가 고팠던 것도 있고, 서로 만난 지 얼마 되지 않아 어색했던 탓이다.

"그런데……."

먼저 말문을 여는 운현. 악규영과 갈염천의 시선이 운현에게로 향했다.

"그들이 도대체 지금 무엇을 하고 있습니까?"

"그것이……."

악규영이 약간 곤란한 듯 주변을 바라보았다. 물론 지금 이 자리에서 자신들의 이야기를 듣는다고 해서 알아들을 사람들이 없겠지만, 만약이라는 것을 조심해야 했다.

언세 뒤통수를 칠지 모르는 것이 바로 '만약' 이라는 놈이기 때문이다.

"곤란하시면 전음으로 하시죠."

그런 악규영의 기색을 눈치 챈 운현이 전음으로 말을 걸었다. 그러자 고개를 끄덕인 악규영이 전음으로 운현에게 말하기 시작했다.

"황룡과 적룡, 청룡을 제외한 나머지 여섯 용이 문파를 만들었소. 이름은 육천룡문. 힘도 강하고, 그 규모도 거대하지.

우리도 얼마 전에야 그것을 알아냈다오."

"그들이 움직이려 한단 말입니까?"

"그런 것 같소. 아무래도 금선도를 찾으려면 은밀하게 움직이는 것은 불가능하니까. 정파와 사파가 거의 양패구상에 가까운 지경에 처한 지금 중원을 장악하고 금선도를 찾으려는 것이오."

운현이 고개를 끄덕였다. 중원을 장악하고 아무런 걸림 없이 금선도를 찾는다. 게다가 중원도 이미 장악한 상황이니 금선도를 풀어놓는 데도 아무런 문제가 없을 것이었다.

"사실 마교에도 육천룡문의 사람이 한 명 있었습니다."

"사실이오?"

"예. 지금 말씀을 들으니 아무래도 마교를 이용하여 중원을 장악하려 한 모양이더군요. 거의 그렇게 될 뻔했고."

"음… 마교에 잠입해 있던 사람의 무공은 어떻더이까?"

"강하더군요. 합룡기를 익힌 사람이었습니다."

"합룡기!"

합룡기라는 말에 너무 놀란 악규영이 그만 소리를 지르고 말았다. 그의 목소리에 갑자기 객점 안의 시선이 모두 그에게로 쏠렸고, 악규영은 황급히 고개를 숙이며 목소리를 낮추었다.

"그것이 사실이오?"

"그렇습니다. 그의 입으로 직접 이야기한 것이니. 게다가

그가 사용한 무공 중 한 손은 흑색, 다른 한 손은 백색으로 빛
나는 것을 보았습니다.”

“그렇다면 흑룡기와 백룡기…….”

“금룡기까지 더해졌다고 합니다.”

“음…….”

심각한 상황이다. 설마하니 합룡기를 익힌 사람이 더 있을
것이라고는 생각도 못한 악규영이다.

“게다가 그런 사람들이 몇 명 더 있는 것으로 압니다.”

“이런!”

최악의 상황이다. 합룡기는 구룡지기 각각의 위력과는 비
교도 할 수 없다.

아무리 운현이 일곱 명의 채주와 싸운 이후라고는 하지만,
속수무책으로 당한 것만 보아도 알 수 있다.

그런 사람들이 몇 명 더 있고, 전력이 그대로 남아 있는 육
천룡문이라면 지금 중원 전체가 멀쩡하다 하더라도 중원을
차지하는 것에 문제가 안 될 것이었다.

둘의 너무나도 진지하고 심각한 표정에 갈염천과 정미현
은 무슨 말을 하는 것인지 몰라 궁금한 표정만 지을 뿐이었
다.

다만, 아까 악규영의 입에서 나왔던 합룡기라는 말에 무언
가 심상치 않은 대화가 오가고 있음을 짐작할 뿐이었다.

“아무래도 서둘러야 할 것 같군요.”

"그렇습니다."

악규영의 말에 운현이 고개를 끄덕이며 동조했다.

"도대체 무슨 대화를 한 거예요?"

"자세한 건 가면서 말해줄게요. 일단 먹어요."

말을 한 운현이 식어버린 음식들을 꾸역꾸역 입에 넣기 시작했다. 그리고 악규영도 마찬가지로 음식들을 입에 집어 넣었다.

둘을 잠시 바라보던 정미현과 갈염천 역시 서둘러 음식을 먹기 시작했다.

무당산에서 도망쳐 나온 곡해성은 마교가 아닌 운남으로 향했다. 애뇌산 깊은 골짜기에 있는 육천룡문으로 향한 것이었다.

'서둘러야 한다. 지금이 아니면 중원을 차지할 수 없어! 아직 합룡기를 익히지 못한 운현은 신경 쓰지 않아도 된다!'

운현만 아니라면 거의 붕괴 직전까지 간 중원을 통합하는 것은 아무 일도 아니었다.

육천룡문의 힘이라면.

육천룡문의 문도 수는 거의 이천에 다다를 정도로 거대한 문파이다. 그들 중 삼 할이 구룡지기를 익히고 있다면?

구룡지기를 익힌 무사 육백 명.

태극진기까지 가지고 있던 운현 정도까지는 아니겠지만,

각 문파의 장문인이나 장로 급 무사 육백 명이면 결코 무시하
지 못할 수준의 무력이었다.

그들 육백 명만 있어도 중원에는 엄청난 혼란이 찾아올 것
이었다.

"성이가 왔다고?"

"예, 사형이 돌아왔습니다."

단창의 말에 독고천이 서둘러 밖으로 나갔다. 모두들 곡해
성을 벼르고 있는 상황. 자신이 먼저 만나야 했다.

"지금 어디 있느냐?"

"일단은 거처에 데려다 주었습니다."

"잘했다. 성이가 온 것을 아는 사람들이 있느냐?"

"아직은 없는 듯합니다."

"다행이다. 가자."

"예."

독고천이 먼저 방을 나섰고, 그 뒤를 단창이 따랐다.

곡해성의 거처는 약간 외진 곳에 자리 잡고 있었다. 그 때
문일까? 그 주변을 지나다니는 사람들을 찾아볼 수가 없었
다.

"성아!"

"사부!"

털썩!

“죄송합니다!”

곡해성이 독고천의 앞에 무릎을 꿇고 고개를 조아렸다. 그동안 자신 때문에 독고천이 얼마나 고생을 했는지 알 수 있었기 때문이다.

“아니다. 되었다. 일어서라.”

“예.”

곡해성이 자리에서 일어났다. 그러자 독고천은 일단 곡해성의 상태부터 살폈다.

곡해성의 상태는 그리 좋지 않았다.

옷은 어디서 갈아입은 모양이지만 제대로 치료하지 못한 상처들이 곳곳에 보였고, 많이 지쳐 있는 모습이었다.

“일단은 좀 씻고 쉬어라. 자세한 것은 내일 물으마.”

“그렇게 하겠습니다.”

“창이, 너는 사형이 쉴 수 있도록 자리를 봐주거라.”

“알겠습니다.”

“아닙니다. 혼자 해도 됩니다.”

독고천의 말에 곡해성이 손사래를 쳤다. 나이 서른에 가까워서 사제에게 잠자리 시중이나 들게 할 수는 없었다.

“그래, 알았다. 쉬어라.”

“예.”

독고천이 먼저 밖으로 나갔다. 이곳은 곡해성 혼자 기거하는 곳. 혹시라도 다른 노인들이 알게 된다면, 특히 종리호가 알게 된다면 사단이 벌어질 수도 있었다.

그러니 속히 이곳을 나가는 것이 좋았다.

"역시 사부는 사형을 너무 좋아하는군요."

"나만 좋아하는 것이 아니다. 너 역시 나만큼이나 위하고 계시는 분이시다."

"그럴까요?"

"물론이다. 그것을 말이라고 하느냐?"

곡해성의 말에 단창이 담담하게 고개를 끄덕였다.

"아무튼 쉬십시오. 목욕물은 제가 받아드리겠습니다."

"아니다. 되었다. 그 일할 사람이 없는 것도 아니지 않느냐?"

"오랜만에 해드리고 싶어서 그럽니다."

"녀석."

곡해성이 미소를 지었다. 마교에서나 정파에게는 악독한 모습으로 보일지 몰라도, 이곳 육천룡문에서는 사형이자 제자의 모습이었다.

"그나저나 사형의 이런 모습은 처음 보는군요."

"응? 무슨 모습?"

"이렇게 된통 깨진 모습 말입니다."

"그런가? 아니지. 어렸을 때에는 많이 당하지 않았느냐, 그 녀석에게."

"누구? 아!"

곡해성이 말한 그 녀석이 누군지 알아차린 단창이 고개를 끄덕였다. 운현을 압도하는 무위를 지닌 곡해성이 한 번도 이겨보지 못한 사람. 그런 사람이 있었다.

"나가 보겠습니다. 잠시 후에 시비를 보내도록 하지요."

"그래, 알겠다."

단창이 고개를 살짝 숙이고는 밖으로 나갔다. 단창이 나가자마자 곡해성은 자신의 침상에 그대로 주저앉았다.

'힘들구나……!'

곡해성은 작게 한숨을 내쉬었다.

목욕을 끝마치고 한 시진 정도 잠을 잔 곡해성은 독고천의 거처를 찾았다.

자신을 찾아온 곡해성을 보고 독고천은 깜짝 놀랐다. 아직 곡해성이 돌아온 것을 모르는 상황, 종리호가 알면 어떤 반응을 보일지 눈앞이 깜깜했다.

"가만히 있으면 내가 찾아갔을 것인데 어쩌자고 이곳까지 온 것이냐?"

"뭐 어떻습니까?"

"암튼 앉아라."

독고천이 곡해성을 자리에 앉혔다. 그리고는 혹시 누군가 있지 않을까 하여 창밖과 문밖을 잠시 살펴보았다.

"걱정 마십시오. 근방에는 아무도 없습니다."

"그래?"

"예."

독고천이 고개를 끄덕이며 자리에 앉았다. 자신은 흑룡기만 익힌 상태이지만 곡해성은 이미 합룡기를 이룬 상태. 자신보다 더한 고수였다.

"그래, 도대체 상황이 어떻게 돌아가고 있는 것이냐?"

"양패구상은 이루었습니다. 압도적으로 이길 수 있었지만 중간에 약간의 변수가 있었지요. 하지만 원래 목적이 최소 양패구상이었기에 만족합니다."

"그래? 교주는?"

"아직 살아 있지요."

"그렇다면 너를 찾지 않겠느냐?"

"상관없습니다. 죽은 것으로 생각하겠지요. 아니면 나중에 찾아가서 죽여도 됩니다."

"그건 그렇지. 하지만 찜찜한 것은 좋지 않다."

"저도 잘 알고 있습니다."

"그래도 일단 양패구상은 했다니 다행이구나."

"예."

독고천의 말에 곡해성이 고개를 끄덕였다.

"도대체 소담이의 일은 어찌 된 것이더냐? 분명 아무런 피해가 없을 것이라 하지 않았느냐? 그 일 때문에 지금 종리가(家) 녀석이 네놈을 벼르고 있다."

“그 일은 정말 예상 밖의 일이었습니다. 소담이의 죽음은 저도 굉장히 안타깝게 생각합니다. 어려서부터 친하게 지냈으니 말입니다.”

“나도 알고 있다. 하지만 제자를 잃은 사부의 마음 역시도 굉장히 아픈 법이다. 그리고 복수를 할 수 있다면 하는 것이 사부의 의무이다. 적어도 종리호는 그런 것을 철저히 지키는 인물이지.”

독고천의 말에 곡해성은 고개를 끄덕였다. 종리호를 못 이길 것이란 생각은 하지 않는다. 하지만 그는 자신의 사부와 동기. 함부로 손을 댈 수는 없는 입장이었다.

“하지만 중원의 상황을 그렇게 만든 것은 순전히 네 힘이니 다른 노인들이 종리호를 말리고 나설 것이다. 개인적인 은원도 중요하지만 우리에게는 대의(大義)가 있으니.”

독고천은 다행이라는 목소리로 말했다.

“아직 알리지 않으셨습니까?”

“그래. 일단은 내가 회의를 소집하고, 그 자리에 너를 데려갈 생각이다. 그렇게 되면 종리호가 따로 손을 못 쓰겠지.”

“그렇군요.”

독고천의 말에 곡해성은 고개를 끄덕였다. 지금 당장은 더이상 할 말이 없었다. 자세한 것은 회의를 통해 밝힐 것들 뿐.

“그럼 회의 소집을 하시지요. 제가 그 자리에 가겠습니다.”

“알았다. 일단 오늘은 그냥 푹 쉬어라. 회의 소집은 내일
할 것이다.”

“알겠습니다.”

곡해성이 고개를 끄덕이며 답했다. 그리고는 자리에서 일
어나 자신의 거처로 돌아갔다.

곡해성은 은밀하게 움직였다. 독고천 말대로 종리호가 알
면 자신이 어떻게 될지 모르기 때문이었다.

“어?”

곡해성은 아무도 모르게 움직였다고 생각했다.

분명 미행도 없었다.

자신이 이곳에 처음 돌아왔을 때에도 아무도 모른다 하였
다.

그런데 자신의 거처에 찾아와 있는 사내가 있었다. 마치 자
신이 돌아온 것을 이미 알고 있었다는 듯.

“왔나?”

차가운 어투. 마치 얼음을 연상시키는 말투였다.

“그래, 왔다.”

덩달아 곡해성의 말투 역시 차가워졌다. 하지만 찾아온 사
내의 말이 물에 닿으면 정말로 얼음이 얼을 것 같은 느낌을
준다면, 곡해성의 말투는 그저 딱딱하기만 했다.

“어떻게 알았나?”

곡해성이 물었다. 그러자 사내가 곡해성에게 다가왔다.

"이곳 육천룡문에서 일어나는 모든 움직임은 다 알고 있다. 모르는 것이 없지."

"그 정도인가? 내가 없는 사이에 완전 장악에 들어간 건가? 대단하군, 상인모(尙刃矛)."

곡해성이 상인모라고 부른 사내.

은발에 가까운 백발의 사내였다.

그 역시 합룡기를 익힌 사람. 곡해성이 지금까지 한 번도 이겨본 적이 없는 상대였다.

무공뿐만 아니라 머리 역시 곡해성에 뒤지지 않는 사내였다.

"꼴좋군."

불끈!

곡해성의 이마에 힘줄이 튀어나왔다. 분노가 터져 나오려는 것을 억지로 참고 있는 중이었다.

"함부로 말하지 마라."

곡해성이 끓어오르는 분노를 억지로 참으며 말했다. 하지만 곡해성은 충분히 이길 수 있다는 자신감 때문인지 상인모는 전혀 동요하지 않았다.

"왜? 죽이고 싶은가?"

고오오!

상이모의 몸에서 차가운 기운이 폭사되었다. 빙공(氷功)?

그것과는 전혀 다른 차가움이었다.

'참자! 참아!'

이길 수 없다. 머리 회전이 빠른 곡해성은 알고 있었다, 자신은 상이모를 이길 수 없다는 사실을.

"무슨 일로 온 것이냐?"

곡해성이 화를 참으며 묻자 상인모가 약간은 실망한 표정을 지었다. 내심 곡해성이 덤비기를 바랐던 것이다.

"그냥. 네놈 꼴이 어떤지 한번 보고 싶어서 왔다."

"그런가? 봤으니 이제 됐겠지? 그만 가라."

"그러지."

상이모가 곡해성의 어깨를 스쳐 지나갔다. 그리고는 잠시 멈춰 곡해성을 돌아보았다.

"잘해봐."

단 세 글자였지만 곡해성의 속을 뒤집어놓았다. 언제나 자신을 무시하는 상이모의 말을 듣고 속이 뒤집히지 않은 적이 없었다.

하지만 곡해성은 참았다. 결과적으로 자신이 중원에 나가 얻고 이룬 것이 결코 나쁘지 않았기에.

'너와 나의 격차는… 좁혀졌다.'

애뇌산에만 있던 상이모와 중원에 나가 산전수전 다 겪은 곡해성. 둘의 차이가 과거와 같을지는 아무도 모르는 것이었다.

다음날 아침 일찍부터 회의가 소집되었다. 예상대로 독고천이 소집한 회의였다.

"어쩐 일로 자네가 회의 소집을 다 했지?"

"할 일이 있어서 했네. 나는 회의 소집을 하면 안 되는가?"

"그건 아니지. 하지만 안 하던 행동을 하니까 혹시 갈 때가 다되어서 그런 것은 아닌가 걱정이 되었을 뿐이네. 뭐, 가준다면야 고맙지."

"안됐군. 절대 그럴 일은 없을 것이니."

종리호와 독고천이 서로를 노려보았다. 그러자 백발노인이 그 둘을 보며 입을 열었다.

"그만들 하지? 이런 모습을 보이자고 회의 소집을 한 것인가, 독고천?"

백발노인의 말에 둘이 동시에 시선을 피했다. 독고천도 지금 종리호와 대적하기 위해 회의를 소집한 것은 아니었다.

"내가 오늘 이렇게 모이라고 한 것은 말할 것이 있어서이네."

"뭔가?"

"성이가 돌아왔네."

쾅!

"뭐야!"

곡해성이 돌아왔다는 말에 종리호가 흥분하여 탁자를 쾅!
치고 일어섰다. 그의 눈은 분노와 흥분으로 붉게 충혈되어 있
었다.

"어디 있나! 데리고 와!"

"안 그래도 오라고 했으니 조금 있으면 올 것일세."

"제 발로 찾아왔단 말이지? 좋아!"

종리호가 두 팔을 걷어붙이며 흉흉하게 말했다. 다른 노인
들 역시 소담을 잃은 종리호의 마음을 모르는 것이 아니기에
일단은 말리지 않고 가만히 두었다.

스윽.

잠시 후, 곡해성이 회의장 안으로 들어섰다. 그러자 종리호
의 눈이 더욱더 사납게 변했다.

"이노옴!"

종리호가 분노를 폭발시키며 곡해성에게 달려들었다. 워
낙 순식간에 벌어진 일, 그 자리에 있는 어느 누구도 손을 쓰
지 못했다.

덥석!

그래도 이성이 남아 있었던 것일까? 종리호가 곡해성을 때
리거나 찌르지 않고 멱살을 잡았다. 그에 좌중은 안도의 한숨
을 쉬었다.

"살려내라! 살려내! 소담이, 그 녀석을 살려내란 말이다!"

"…죄송합니다."

곡해성은 그 말밖에 할 수 있는 말이 없었다.

소담의 죽음. 자신도 전혀 예상하지 못하고 접했을 때 얼마나 힘들었던가. 종리호의 이런 반응은 너무나도 당연한 것이었다.

"그만 하게."

백발노인이 종리호에게 다가와 말했다. 하지만 종리호는 그의 말을 듣지 않고 더욱더 사납게 곡해성을 다그쳤다.

"왜 우리가 네놈의 말을 들어야 하느냐! 우리가 네놈 종이냐! 소담이는 네 부탁을 들어준 죄밖에 없단 말이다! 일은 네놈이 다 벌여놓고 왜 죄 없는 내 제자 놈만 그렇게 죽어가느냐 말이다! 왜!"

종리호의 다그침이 점점 절규처럼 바뀌어갔다. 제자를 잃은 슬픔. 지금껏 억지로 억눌러 왔던 슬픔이 지금에서야 폭발하고 있는 것이었다.

"정말 죄송합니다. 벌은 달게 받도록 하겠습니다."

"벌을 받겠다고? 그래? 그럼 내 손에 죽어라!"

"그만 하게!"

턱!

곡해성을 향해 날아가던 종리호의 손을 백발노인이 잡아챘다. 그러자 종리호가 사납게 구겨진 얼굴로 그를 바라보았다.

"놔."

"그만 하라고 하지 않던가!"

"놓으란 말이다!"

종리호가 백발노인의 손을 뿌리치기 위해 안간힘을 썼다. 하지만 백발노인은 용케도 그의 손을 놓치지 않았다.

"지금은 이럴 때가 아니야! 우리에게 저 아이의 힘은 중요한 무력! 이렇게 줄여서는 안 돼!"

백발노인의 말에 종리호는 말문이 막혔다. 무어라 말을 하고 싶었지만 무슨 말을 해야 할지 말이 나오지 않았다.

너무나도 답답한 마음.

어떻게 해소해야 할지 알 수가 없었다.

결국 종리호는 고개를 숙였다. 제자의 죽음. 그것도 문파를 위해서는, 그리고 대의를 위해서는 묻혀야 한다는 사실이 너무나도 억울하고 답답했다.

"오늘 회의, 난 못하네."

종리호가 그대로 회의장을 나섰다. 그런 그를 아무도 막을 수가 없었다.

그의 슬픔과 답답한 마음을 잘 알고 있기에.

그렇게 회의장을 나서는 종리호의 뒷모습이 오늘따라 유난히 힘없어 보였다.

"우리는 일단 앉지."

잠시 종리호의 뒷모습을 보고 있던 백발노인이 자신의 자리로 가 앉으며 말했다. 그러자 다른 노인들의 주의 역시 다시금 회의장으로 돌아왔다.

"일단은 성이의 말을 들어봐야 할 것 같은데."

백발노인의 말에 곡해성이 고개를 끄덕였다. 그리고는 지금까지 자신이 하려 했던 일과 그 결과에 대해서 말하기 시작했다.

"제가 처음 이곳을 나설 때 말씀드렸을 것입니다. 마교로 중원을 통합하고, 금선도를 찾겠다고."

"그랬지. 하지만 실패했고."

갈색머리노인의 말에 곡해성은 고개를 끄덕였다. 조금 기분이 나쁘기도 했지만 사실이기에 대꾸할 수가 없었다.

"예, 결과적으로는 실패했지요. 마교를 키우고 일어서는 것까지는 좋았지만 변수 때문에 어쩔 수가 없었습니다. 일이 급격하게 틀어져 버렸지요."

"그래서? 지금 상황은 어떻게 변했는가?"

"양패구상입니다."

"양패구상?"

"예. 정파와 사파는 누가 이기고 지고를 따지는 것이 무의미할 정도로 심한 피해를 입은 상황입니다. 엄밀히 따지자면 아직 마교의 힘이 더 크기는 하지만, 더 이상 싸움을 하기 어려운 피해를 입었지요. 정파 역시 제가 이곳으로 돌아오기 전에 했던 싸움으로 회생하려면 몇십 년이 걸려도 어려운 피해를 입었습니다."

"우리에게 돌아올 이득은?"

"중원 정복을 꾀하신다고 들었습니다."

"그건 마교의 중원 일통이 어려울 것 같았기에 내렸던 결정이었다. 그것이 네 사부의 부탁으로 일단 연기된 것이고. 네 말을 들어보고 나서 추후에 최종 결정할 생각이다."

"제 생각을 말씀드리자면……."

곡해성이 잠시 숨을 고르는 사이 다섯 노인의 시선이 전부 그의 입으로 쏠렸다. 그런 그들의 시선을 느끼면서 곡해성이 다시 말을 이었다.

"중원 정복을 하시려면 지금이 최적기라는 말씀을 드리고 싶습니다. 우리가 나가도 저들은 힘을 쓰지 못합니다. 속수무책이지요. 우리는 중원에 무혈입성할 수 있습니다."

곡해성의 말에 노인들이 고개를 끄덕였다. 마교로 중원을 일통하고, 금선도를 찾는다는 처음의 계획이 물거품이 된 지금 가장 좋은 방법은 육천룡문이 중원을 차지하고 편하게 금선도를 찾는 방법밖에는 없었다.

"알았다. 그 일에 대해서는 우리가 차후에 다시 의논하여 결정할 것이다. 그리고!"

백발노인이 마지막 '그리고'에 힘을 주어 말하면서 곡해성을 바라보았다. 곡해성은 그 뒤에 이어질 말이 무슨 말인지 짐작한다는 듯 담담한 표정이었다.

"결과가 어찌 되었든 네가 일을 처리하는 과정에서 잘못이 있었던 것은 분명하다. 자의든 타의든 간에. 그것을 부인하지는 않겠지?"

"물론입니다."

"그 죄는 대의를 이루고 난 다음에 묻겠다."

"명심하겠습니다."

"그전까지는 네 모든 것을 육천룡문을 위해 쏟아 부어야 할 것이야."

"그렇게 하겠습니다."

"나가봐라."

"예."

곡해성이 고개를 숙인 채로 밖으로 나왔다. 그리고는 자신의 거처로 향했다.

그런데 길목에 한 사람이 기다리고 있었다. 상인모, 곡해성이 절대로 만나고 싶지 않아 했던 사람이다.

곡해성은 그를 못 본 척 지나갔다. 부딪치고 싶지 않았기 때문이다.

"운이 좋군."

비꼬는 한마디. 곡해성은 이를 악물었다.

第三章
중원으로

빠르게 식사를 마친 운현 일행은 곧바로 마차에 올라타 산동성으로 향했다. 하남성으로 들어서기는 했지만 산동성까지는 아직도 한 달 가까이 더 가야 했다.

"아까 무슨 얘기를 한 거예요?"

마차가 출발하자마자 정미현이 운현에게 물었다. 맞은편에 앉은 갈염천 역시 궁금하다는 듯이 운현을 바라보았다.

"도대체 무슨 대화를 나누었기에 합룡기라는 말까지 나온 거지?"

둘의 물음에 운현은 고개를 끄덕이더니 입을 열었다.

"그런데… 갈 소협, 나이가……?"

“그건 왜?”

“반말을 하니까요, 저한테.”

“스물.”

“그래?”

말을 놓는 운현. 그러자 갈염천의 얼굴이 굳어졌다.

“뭐야? 갑자기 왜 말을 놓는데?”

“내가 더 나이가 많으니까. 그러니까 이제부터 형이라고 불러라.”

“뭐야? 나보다 약한 게!”

“뭐?”

운현이 눈을 부릅떴다. 그러자 왠지 모르게 운현의 몸에서 거대한 기운이 느껴지는 것 같았다.

‘윽!’

비록 황룡기가 공기의 단계에 들어 내력 면에서는 갈염천보다 약하다고 할 수 있지만, 운현은 수많은 실전을 통해 쌓은 경험이 있었다.

그런 것이 자연스럽게 몸에 배어 있는 운현이다. 그러니 갈염천이 주눅 들 수밖에.

“형이라고 불러라.”

“아, 알았다고! 그러니까 아까 나눈 대화부터 말 좀 해 봐!”

“습!!”

"아, 알았다고… 요."

운현이 눈을 한 번 더 부릅뜨자 갈염천이 마지못해 존대를 했다. 갈염천의 존대에 만족스런 표정을 지은 운현이 악규영과 나눈 대화에 대해서 이야기를 하기 시작했다.

"지금 말하는 부분은 갈 동생도 아는 내용일 거야. 황룡, 적룡, 청룡을 제외한 나머지 여섯 용이 육천룡문이라는 문파를 만들었고, 그들의 힘이 굉장히 강하다는 것이지."

운현의 말에 갈염천은 고개를 끄덕였고, 정미현은 놀란 표정을 지었다.

"문파요? 그들이?"

"그래."

정미현은 너무 놀란 듯 말을 잇지 못하고 있었다.

"내가 무당산에서 정신을 잃은 것은 마교의 어떤 사람과 싸웠기 때문이야."

"갑자기 마교 얘기는 왜… 요?"

"잘 들어봐. 관련이 있는 이야기니까. 그 사람은… 육천룡문 사람이었다. 마교를 이용해서 중원을 일통하고 금선도를 찾을 목적이었던 것 같아. 하지만 그것은 잘되지 않았지. 아무튼 그 사람과 싸웠는데, 더 놀라운 것은 그가 합룡기를 익힌 사람이라는 거지."

"뭐!"

"정말요?!"

　갈염천과 정미현의 반응도 악규영이 보인 반응과 그다지 다르지 않았다.

　그 정도로 합룡기를 익힌 자의 등장은 그들에게 충격적일 수밖에 없었다.

　"그래서 이렇게 서둘러 떠나는 것이군?"

　"그래."

　"심각하군요."

　정미현의 말에 운현이 고개를 끄덕이며 입을 열었다.

　"그것 때문에 밤에도 계속 달려야 할 것 같아요. 물론 엄청 힘들겠죠. 참을 수 있겠어요?"

　운현의 물음에 정미현의 아미가 살짝 찡그려졌다. 무공을 익히기는 했지만 분명 여인의 몸. 힘들지 않을 리가 없었다.

　"어쩔 수 없잖아요. 세상은 편하기만 한 곳이 아니니까요."

　정미현의 말에 운현이 조금 놀란 표정을 지었다. 그러자 정미현이 그런 운현의 표정을 보며 물었다.

　"왜요? 이상해요? 제가 이런 말을 하니까?"

　"그런 말은 누구한테 배웠어요?"

　"할아버지께요. 어렸을 적에 이런저런 이야기를 많이 들었죠."

　어린아이에게 그런 말을 해주는 정 노인도 참 대단한 사람이지만, 그것을 기억하고 있는 정미현도 참 대단하다는 생각이 들었다.

"아무튼 고마워요, 이해해 줘서."

"고맙긴요. 운현은 이보다 더 힘든 일을 겪고 있잖아요."

정미현이 말하며 살짝 미소를 지었다. 그리고 운현 역시 마주 미소를 지었다.

그런 둘의 모습을 보며 갈염천이 부러운 듯 고개를 돌리며 중얼거렸다.

"꼴불견들."

갈염천, 그는 질투의 화신이었다.

곡해성이 회의장을 나서고, 종리호를 제외한 다섯 노인은 회의를 계속했다. 곡해성의 말을 바탕으로 중원을 노릴 것인지 말 것인지를 결정하기 위함이었다.

"어쩌겠나?"

"어쩌냐니? 당연히 나가야지."

백발노인의 말에 갈색머리노인이 당연하다는 듯 소리쳤다.

"이렇게 간단히 결정? 우리는 중원에 아무런 기반도 없네. 안 그런가?"

"그건 문제가 아니야! 지금 우리가 중원으로 진출하면 저들은 속수무책인 상황! 당연히 밀어붙여야지! 기반이 생길 때까지 이대로 있자고? 시간이 아까워!"

갈색머리노인의 말에 다른 노인들도 동감한다는 듯 고개를 끄덕였다. 나가려면 지금이 적기. 여기서 더 미룬다는 것은 말도 안 되는 것이었다.

그것은 백발노인도 잘 알고 있었다. 하지만 왠지 모르게 중원으로 나가는 것이 꺼려졌다.

"두려운가?"

"뭐?"

녹색 머리의 노인이 백발노인에게 물었고, 백발노인은 말도 안 된다는 반응을 보이고 있었다.

"지난 과거, 우리는 중원인들에게 핍박을 받으며 생활했었지. 하지만 우리는 아무것도 할 수가 없었어. 왜냐고? 우리가 힘이 없어서? 그건 다 거짓이다. 두려움과 중원인에 대한 우월의식. 우리는 그렇게 교육받으며 자랐지. 그것이 아직도 깔려 있는 거야."

녹색머리노인의 말에 백발노인은 고개를 저었다. 부정하고 싶었다. 절대로 자신은 두려운 것이 아니라고 말하고 싶었다.

'두려워? 이 내가?'

"우리가 가려는 곳은 중원이 아니다! 무림이다! 강호야! 민족? 혈통? 그딴 것은 다 필요없다! 오로지 힘! 그것만이 존재의 이유가 되고, 남들의 위에 군림할 수 있는 조건이야! 우리에겐 그것이 있어! 무엇을 망설이는가!"

녹색머리노인의 말에 백발노인은 온몸의 털이 쭈뼛 서는 것 같은 느낌이 들었다.

흥분? 쾌감? 무언가가 확 뚫리는 것 같은 느낌이 들었다.

온몸의 혈액이 활기차게 온몸을 돌고 있었고, 자신의 몸 안에 있는 백룡기는 어서 나가라고 부추기고 있는 것 같았다.

"좋아! 그렇게 하지! 나가는 거야! 나가서 우리의 우월함을 보여주는 거야!"

백발노인의 말에 네 명의 노인이 미소를 지으며 고개를 끄덕였다.

"그러려면 중원에 우리의 눈과 귀가 있어야 한다. 어떻게 할 텐가?"

"그것이라면 적임자가 있지 않은가?"

"누구? 아!"

있다. 중원의 소식에 정통한 사람. 아직도 중원에 적을 두고 있는 사람.

"곡해성."

다섯 노인이 동시에 그의 이름을 말했다. 곡해성, 그는 여전히 마교 군사의 신분이었다.

"마교. 아직 쓸모가 있겠어."

백발노인의 말에 네 명의 노인이 모두 고개를 끄덕였다. 이제 더 이상 쓸모가 없을 것이라 생각하고 있던 마교의 효용 가치가 상승하는 순간이었다.

자신의 거처로 돌아가 있던 곡해성은 갑작스런 독고천의 부름에 다시금 회의장으로 향했다. 어쩐 일로 자신을 부르는지 알 수가 없기에 곡해성의 표정은 조금 어색했다.

회의장 앞. 잠시 서서 마음을 가다듬은 곡해성은 안으로 들어갔다. 그러자 다섯 노인이 기다리고 있었다는 듯이 그를 바라보았다.

"어서 오너라."

독고천의 말에 곡해성이 고개를 숙였다.

"너에게 내릴 명이 있다."

"말씀하십시오."

"마교로 가라."

"……!"

독고천의 말에 곡해성은 놀란 듯 눈을 부릅떴다. 마교로 가라고?

"자세히 말씀해 주십시오."

곡해성의 말에 이번에는 백발노인이 나섰다.

"그래, 우리는 중원으로 나갈 생각이다. 지금보다 더 좋은 기회는 없지. 하지만 우리는 이곳에서 움직이지 않았기에 중원에 대해 눈과 귀가 완전히 닫힌 상황이다. 우리에게는 중원에 나갈 준비가 끝날 때까지 눈과 귀가 되어줄 사람이 필요하다."

　노인들이 자신에게 원하는 것이 무엇인지 알 것 같은 곡해성이다.

　"다시 가서 마교를 장악하여 육천룡문의 눈과 귀의 역할을 하면서 중원으로 진출할 발판을 만들어놓으라는 말씀이시군요?"

　"그렇다. 할 수 있겠느냐?"

　"물론입니다."

　"좋다! 가라. 이번에는 절대 실수를 용납하지 않는다."

　"알겠습니다."

　다시 중원으로 가게 된 곡해성. 이번에는 절대로 실수는 없을 것이라고 다짐하는 그였다.

　이번 결정은 회의에 참석하지 않은 종리호에게도 전달이 되었다. 육천룡문의 중원 진출 결정과 함께 곡해성이 다시금 중원으로 나가게 되었다는 소식이 그의 귀로 들어왔다.

　예전 같았으면 분노했겠지만, 지금은 그렇지도 않았다. 왠지 모를 공허함이 그의 마음속에 자리 잡고 있었다.

　"사부님."

　"가인이냐?"

　"예, 가인이에요."

　종리호의 거처로 한 여인이 다가왔다. 종리호를 사부라 부르는 것으로 보아 그의 제자이리라.

그녀의 이름은 초가인(草佳人).

이곳 육천룡문의 유일무이(唯一無二)한 여인이었다. 그에 많은 사람들의 사랑을 독차지하고 있었으며, 같은 사형제인 홍소담과 굉장히 친한 사이였다.

그녀 역시 금룡기를 익혔고, 그 때문인지 그녀의 머리카락 역시 금발이었다.

아름다운 외모에 금발머리를 지닌 그녀의 모습은 남자들로 하여금 눈을 떼기 어렵게 만들었다.

"소식은 들었느냐?"

"예."

"그래, 네 생각은 어떠하냐?"

"저도 같은 생각입니다. 저희는 밖으로 나가야 해요."

"그렇지……."

종리호가 가만히 고개를 끄덕였다.

"저도 가겠어요."

"안 된다."

"왜죠?"

"소담이를 잃었다. 너까지 잃게 만들 수는 없어."

"사형이 죽었어요! 복수를 해야 하지 않겠어요?"

"네 힘으로는 무리다. 네 사형의 힘으로도 어쩔 수 없는 사람이었어."

"저 혼자 가는 것이 아니잖아요!"

"복수는 너 혼자 하려는 것 아니었더냐?"

"그건……!"

초가인은 말문이 막혔다. 종리호의 말대로 복수는 혼자 하려고 했기 때문이다.

"그는 강하다. 네가 가면 죽어."

"그래도 가야겠어요."

"가인아."

"무슨 말씀을 하셔도 갈 거예요."

"허어……!"

초가인이 이렇게 고집을 부리는 모습은 본 적이 없었다. 언제나 고분고분하고 말을 잘 듣는 그녀였다.

무엇이 그녀를 이렇게 변하게 만들었단 말인가?

"가야겠느냐?"

"네."

"너마저 잃으면 이 사부는 살기가 힘들다."

"알아요. 저는 절대 죽지 않아요. 꼭 돌아올 거예요."

"하아…….."

종리호가 한숨을 쉬었다. 홍소담을 잃고도 그가 견딜 수 있었던 이유는 단 하나였다. 초가인, 그녀 때문이었다.

딸자식 같은 그녀가 있었기에, 눈에 넣어도 아프지 않은 그녀가 있었기에 하루하루를 버틸 수 있었다.

딸자식을 떠나보내는 마음이 이러하던가?

지금 종리호의 마음은 너무나도 아팠다.

"어쩔 수가 없구나."

종리호의 말에 초가인의 눈이 번쩍 뜨였다. 허락의 의미이기 때문이었다.

"한 가지만 약속해 다오."

"말씀하세요."

종리호가 초가인의 손을 잡았다. 그리고 초가인 역시 그의 손을 꼭 잡았다.

"꼭 살아서 돌아오너라."

"그렇게 할게요. 걱정 마세요."

'그 아이도 이렇게 떠났지……'

종리호는 홍소담이 중원으로 떠나던 날을 떠올렸다. 홍소담, 그 역시 이렇게 자신의 손을 붙잡고 꼭 살아서 돌아오겠다고 맹세를 하고 떠났었다.

'이번에는 아니겠지……'

불안감이 엄습했다. 왠지 그녀의 손을 잡은 지금 이 순간이 마지막이 될지도 모른다는 불안감. 절로 그의 손과 몸이 떨려 왔다.

"가거라."

"고마워요, 사부님."

초가인이 밝게 웃어 보였다. 그에 종리호 역시 미소로 그녀의 웃음에 답했다.

닷새를 달렸다. 물론 중간에 객점에서 하룻밤을 보내기는 했지만 계속되는 강행군이었다.

몸이 완전치 않은 운현은 물론이고 여인의 몸인 정미현은 더욱더 견디기가 어려운 여정이었다.

그나마 멀쩡하던 갈염천 역시 요즘에는 얼굴 살이 쏙 빠진 것이 많이 힘든 모양이었다. 특히나 운현과 정미현의 애정 행각(?)을 보고 있자니 더욱더 견디기 어려운 면도 있었다.

"저 앞에 마을이 보이오! 저곳에서 하루 쉬었다 가겠소!"

마부석에 앉아 마차 안으로 소리치는 악규영. 자신도 힘들지만 안에 있는 사람들을 생각하여 그리 말하는 것 같았다.

악규영의 말에 갈염천과 정미현은 굉장히 좋아했다. 이제 쉬는 것처럼 쉴 수 있게 되었다면서 얼굴에 화색까지 도는 것 같았다.

상황의 심각성을 알고 빨리 가기를 권했던 운현이지만, 지금 이 순간만큼은 그도 내심 기뻐하지 않을 수가 없었다.

한 식경 정도가 지나고 마차가 마을로 진입했다. 속도가 점점 줄었고, 어느 순간에 마차가 멈추어 섰다.

"자, 내리시오. 객점이오."

악규영이 마차 문을 열며 말했다. 그에 정미현이 가장 먼저 뛰어내렸고, 갈염천이 그 뒤를 따랐다. 가장 마지막에 운현이 내리면서 악규영에게 물었다.

"하루 쉬어도 괜찮겠습니까?"

"괜찮소."

"반나절만 쉬어도 됩니다."

운현의 이 말을 들었는지 정미현과 갈염천이 운현 쪽을 흘겼다.

"하하. 본인이 힘들어서 그러오. 힘도 있어야 마차도 몰고 산동까지 갈 것 아니오? 말들도 지쳐서 쉬어야 하오."

악규영의 말에 운현이 마차를 끈 말들을 바라보았다. 입가에 하얀 거품을 물고 있는 말들. 아무리 준마라고 하여도 천리마가 아닌 이상 지치지 않을 리가 없었다.

"들어갑시다."

악규영이 먼저 객점 안으로 들어갔고, 운현도 그 뒤를 따라 안으로 들어갔다.

그날 하루는 정말 편안하게 쉬었다. 간단하게 식사를 마친 정미현은 목욕물을 부탁하여 몸을 씻은 뒤, 곧바로 방으로 들어가서 잠에 빠져들었다.

운현 역시 몸을 씻은 다음 바로 운기조식에 들어갔다. 그동안 운기조식을 제대로 하지 못했기 때문이다. 운기조식만 제대로 했어도 이처럼 힘들지는 않을 것이었다.

갈염천과 악규영은 무엇을 하는지 식사 후에 곧바로 방으로 들어가 나오지를 않고 있었다. 어쩌면 그대로 잠이 들었는지도 모를 일이었다.

"후우……."

운기조식을 끝낸 운현이 심호흡을 했다. 확실히 운기 이후에 정신도 좀 더 맑아지고 피로도 풀린 것 같은 느낌이었다.

'여기가 어디지?'

아까 악규영에게 물어본다는 것을 깜빡하여 물어보지 못한 운현은 방이 있는 삼층에서 사람들이 많이 있는 일층으로 내려갔다.

그리고는 조금 한가한 듯 보이는 점소이를 손짓으로 불렀다.

"무엇을 도와드릴깝쇼?"

점소이 특유의 말투. 보통 점소이들보다 한두 살 어려 보임에도 지언스럽게 흘러나오는 말투다.

"이곳이 어디지?"

"이곳 말씀이십니까? 이곳은 천화객점이지요."

"훗!"

점소이의 대답에 운현은 실소를 머금었다. '이곳' 이라는 말을 잘못 이해한 것이었다.

"그러니까 내 말은 천화객점이 있는 이곳의 지명을 묻는 것이다."

"아~! 지명 말씀이시죠? 이곳은 무강(舞鋼)입니다."

"무강?"

“예.”

처음 들어보는 지명이었다. 아마도 작은 마을인 것 같았다.

“그래, 그럼 한 가지만 더 물어보자꾸나. 이곳에서 성도까지 얼마나 걸리지?”

“성도까지요? 정주(鄭州)까지라면 보름은 걸릴 것입니다. 공자님께서 타고 오신 마차 정도면 이틀 정도는 단축시킬 수 있을지도 모르겠지만요.”

점소이의 말에 운현이 고개를 끄덕였다. 생각보다 빠른 시일 내에 멀리까지 온 그들이다. 이대로라면 생각했던 한 달보다 더 빠른 시일에 산동성에 도착할 수 있을지도 모르는 일이었다.

“고맙구나. 자, 옜다.”

운현이 전낭에서 이십 문을 꺼내어 점소이의 손에 쥐어주었다. 그러자 점소이의 입이 귓가에 걸릴 정도로 크게 미소를 지었다.

“감사합니다!”

점소이가 허리를 직각으로 굽히며 크게 인사했다. 어찌나 큰 목소리였던지 식당에 있는 사람들 대부분이 운현과 점소이 쪽으로 시선을 돌렸다.

그것이 문제였다.

일부러 조용히 점소이를 불렀던 운현이건만 사람들이 전

부 그를 보게 되었다.

"어? 검존?"

"무당파 운현?"

유명인. 운현은 기억에 없는 사람들이지만, 그들의 기억 속에는 운현이 또렷하게 각인되어 있다.

심지어 운현의 얼굴 모양을 그린 초상화가 비싼 가격에 팔릴 정도였으니.

'젠장.'

순간 당황한 운현. 그는 곧바로 삼층으로 뛰어 올라갔다.

"운현이다!"

"검존이다!"

"검존이 위로 올라간다!"

사람들이 외치면서 운현의 뒤를 따라 층계를 오르기 시작했다. 하지만 운현은 경공을 최대한 발휘하여 그들이 삼층까지 따라오기 전에 그의 방으로 급히 들어갔다.

곧 사람들이 복도로 올라와 운현이 들어간 방을 찾는 소리가 들려왔다.

"휴우……."

안도의 한숨을 내쉬는 운현이었다.

곡해성은 애뇌산에서 초가인을 비롯한 육천룡문 정예 오십을 데리고 나왔다. 무너지기 직전의 마교를 일단은 지탱해야 했고, 그들을 기반으로 육천룡문의 중원 진출을 꾀할 생각이었다.

운남에서 출발한 곡해성 일행은 곧바로 사천으로 향했다. 마교로 가기 위해서는 반드시 거쳐야 하는 곳이었다.

사천성(四川城) 성도(城都) 성도(成都).

그들은 그곳에서 잠시 쉬어가기로 하고 한 큰 객점으로 들어갔다. 곡해성이 육천룡문에 가 있는 짧은 시간 동안 무슨 일이 있었는지 알기 위해서는 사람들의 입소문을 듣는 것이 빠르기 때문이었다.

"그러니까, 검존이 모종의 임무를 맡고 있단 말이야?"

"그렇지! 그러니까 지금까지 아무도 모르게 하남까지 간 것 아니겠어?"

"그것 가지고 모종의 임무를 맡았는지 안 맡았는지 자네가 어떻게 알아!"

"아, 이 사람 참 둔하네! 척하면 척이지! 게다가 하남성에는 무엇이 있는가?"

"소림이 있지."

"그래, 소림. 명실상부 소림 방장하면 또 정파무림에 막강한 입김을 불어 넣을 수 있는 사람이 아니겠는가? 검존이 소림이 있는 하남으로 향했다. 뭔가 냄새가 나!"

"그런 냄새, 아무리 맡아봐야 소용없으니까 빨리 음식이나 먹으세. 배고파 죽겠어!"

“검존이 움직일 정도의 일이라면 무엇일까?”

“빨리 먹어!”

곡해성이 앉은 식탁 바로 뒤에 자리 잡은 두 중년인이 하는 이야기를 듣고 곡해성과 초가인은 생각에 잠겼다.

‘운현이 움직일 정도의 일? 무슨 일인가!’

운현은 합룡기를 익히기 위해 산동성으로 가는 것이지만, 그것을 알 리가 없는 사람들은 그저 운현이 모종의 임무를 맡고 있다는 생각만 하고 있었다.

그런 사람들의 말을 들은 곡해성 역시 혼란스러울 수밖에 없었다.

“오라버니.”

“응?”

“그 사람은 어떤 사람이지요?”

“누구?”

“소담 오라버니를 죽인 사람.”

운현을 말함이다. 중년인의 대화 속에 등장한 검존이라는 사람이 운현이라는 것은 곡해성의 표정을 보고 이미 짐작한 바다.

“별것 아닌 사람이다. 네 오라버니보다 조금 더 강한 사람이었을 뿐이야.”

“그런가요.”

초가인의 표정이 조금 어두운 것처럼 보였다.

"일어서자꾸나."

"예? 왜요?"

"가볼 곳이 있단다."

어디를 간단 말인가? 마교가 아닌 다른 곳? 중원에 대해서
는 잘 모르는 초가인은 그저 새로운 곳에 대해서 두려움과 설
렘만을 가지고 있을 뿐이었다.

"알았어요."

곡해성과 초가인이 자리에서 일어나자 육천룡문의 무사들
이 전부 다 일어섰다. 오십 명이 되는 인원이 한꺼번에 일어
나니 객점 안이 꽉 차는 것 같은 느낌이 들었다.

"너희들은 이곳에 있어라."

곡해성의 말에 오십 무사가 다시 자리에 앉았다.

"가자."

"네."

곡해성과 초가인은 객점을 나섰다. 어느덧 해는 거의 다 져
서 어둑어둑해지고 있었다.

보통 사람들은 해가 지면 일을 마치고 집으로 귀가한다. 그
리고는 가족들과 함께 즐거운 시간을 보내며 하루 일과의 피
로를 푼다.

하지만 꼭 낮밤이 바뀌어 생활하는 사람들이 있다.

홍등가에서 일하는 사람들이 그런 사람들이다. 특히나 주

루에서 일하는 기녀들은 날이 어두워져야 활발하게 일을 시작하는 사람들이다.

"오, 오라버니."

초가인이 두려운지 곡해성의 옷깃을 꼭 붙잡았다. 춥지도 않은지 얇은 옷가지 하나만 걸치고 진하게 화장을 한 기녀들이 곡해성을 비롯한 남자들에게 추파를 던지고 있었기 때문이다.

그런 모습을 처음 보는 초가인으로서는 두려울 수밖에 없었다.

"걱정 마라. 이런 것을 보여주려고 이곳에 데려온 것이 아니니까."

곡해성의 말에 고개를 끄덕이는 그녀. 하지만 두려움은 쉬이 떨칠 수가 없는 모양이다.

홍등가 한구석. 낮에도 빛이 잘 들지 않을 것 같은 곳이 하나 있었다.

그곳에는 낡은 건물이 하나 있었는데, 간혹 그곳으로 들어가는 사람들의 모습이 보이곤 했다.

도박장.

불법이지만 어마어마한 뒷돈이 들어가 관의 눈에서도 자유로운 곳이다.

하지만 언제 어떻게 상황이 변할지 모르기 때문에 그들은 항상 만반의 준비를 해놓는다.

곡해성은 거리낌없이 도박장 안으로 들어갔고, 초가인은 혹시라도 무슨 일이 생길까 그의 뒤를 바짝 따라 들어갔다.

열기.

도박을 하여 돈을 잃거나 딴 사람들의 몸에서 나는 열기와 도박판을 구경하는 사람들의 열기가 그대로 느껴졌다.

곡해성은 인상을 찡그렸다.

도대체 도박이 무에 재미있어서 이렇게 열광을 하는지 곡해성은 이해할 수가 없었다.

하지만 볼일이 있어서 찾아온 이상 참아내야만 했다.

"무슨 일로 오셨소? 도박하러?"

한 사내가 곡해성에게 다가왔다. 이 도박장에서 일을 하는 사람인 것 같았다.

"그냥… 구경이나 좀 할까 해서 왔소."

"이런 도박장에 여인을 데려오는 사내라… 뭐, 없는 일도 아니니, 구경하다가 하고 싶으면 말씀하쇼. 판 하나 내어드리리다."

"그러지요."

곡해성의 대답에 사내는 다른 곳으로 갔다. 또 새로 온 사람에게 도박을 권하러 가는 것 같았다.

곡해성은 자신의 품에서 작은 종이 하나를 꺼냈다. 원래 가지고 있던 것이 아니었다.

이층으로 오시오.

방금 다녀간 사내가 넣어놓고 간 종이였다. 곡해성은 고개를 돌려 방금 전의 사내를 찾았다. 하지만 그 사내는 이미 이층으로 올라갔는지 보이지 않았다.

"가자꾸나."

"네."

곡해성이 발걸음을 떼자 초가인 역시 그의 뒤를 따랐다. 이곳에 온 사람들의 관심사는 오로지 도박에만 있다는 것을 알았는지 초가인의 두려움이 조금은 가신 것 같았다.

삐걱! 삐걱!

오래되었는지 나무로 된 계단이 요란한 소리를 내었다. 조심조심하여 올라간 이층에는 탁자 하나와 여인 한 명이 앉아 있었다.

기녀는 아닌 듯 보였지만 꽤나 야하게 옷을 입은 여인이었다.

"어서 오세요."

그녀가 자리에서 일어서며 말했다. 그러자 곡해성이 고개를 끄덕였다.

"보자고 한 이유는?"

"호호호!"

무엇이 그렇게 재미있는지 곡해성의 물음에 여인이 웃음

을 터뜨렸다. 초가인은 그녀의 첫인상부터가 마음에 들지 않는지 인상을 쓰고 있었다.

"재미있는 분이군요. 저를 만나러 오신 것은 그쪽이 아니던가요?"

"역시 하오문이라는 건가?"

하오문. 개방과 필적하는 정보 조직이다. 하오문의 무력은 그다지 강하지 않지만, 그 수는 개방에 전혀 뒤지지 않을 정도이다.

홍등가의 기녀, 도박장에 아예 눌러 사는 사람들, 심지어 길거리의 파락호들까지도 대부분이 하오문도였다.

곡해성은 그녀의 맞은편에 앉았고, 초가인은 곡해성의 곁에 앉았다.

그 둘이 자리에 앉자 여인 역시 자리에 앉았다.

"반가워요. 홍미랑(紅美朗)이라고 해요."

"가명이군."

"이 바닥에서 본명으로 살다가는 제 명에 못 죽죠."

"그런가?"

곡해성의 말에 홍미랑이 고개를 끄덕였다.

"그런데 옆에 계신 분은… 연인?"

"사매요."

연인이냐는 홍미랑의 물음에 초가인은 얼굴을 붉혔지만 곡해성은 별다른 표정 변화 없이 대답했다.

"자, 그럼 마교의 군사께서 무슨 일로 저를 찾아오셨는지 여쭤볼까요?"

홍미랑의 물음에 곡해성의 표정이 살짝 굳었다. 자신이 마교 군사라는 사실까지 알고 있는 그녀다.

"검존에 대한 소문은 들었겠지?"

"물론이죠."

"검존의 현재 위치와 목적지를 알고 싶다."

"현재 위치와 목적지라… 현재 위치를 알려드리는 것은 어렵지 않아요. 하남성 무강에 있어요. 하지만 목적지는 그 사람만 알 뿐이지요."

곡해성은 고개를 끄덕였다. 본인이 아닌 이상 목적지를 어떻게 알 수 있으랴.

"지금까지의 경로만 가지고는 단정하기 어렵지만, 이대로 가면 산동성까지 가게 됩니다. 물론 하남에서 볼일이 있을 수도 있고요."

"음……."

산동성에 무엇이 있는가? 없다. 반면 하남성은 소림이 있다. 볼일이 있다면 소림으로 갈 것일 터. 일단은 산동성보다는 하남성에 무게를 두는 곡해성이다.

"고맙소."

"그냥 이대로 가시려고요?"

"그럼?"

“정보비.”

홍미랑의 말에 곡해성이 실소를 흘렸다. 돈, 결국 그거였다. 하오문은 정보를 팔아먹고 사는 사람들. 당연한 말이었다.

“여기 있소.”

곡해성이 은자 한 냥을 홍미랑에게 던졌고, 그것을 받아 든 홍미랑은 살짝 인상을 찌푸렸다. 적다는 의미였다.

은자 한 냥이 결코 적은 돈은 아니다. 그럼에도 홍미랑은 인상을 쓰는 것이다.

“다음에 만나게 되면 더 주지.”

그 말을 끝으로 곡해성은 초가인을 데리고 도박장을 빠져나갔다.

第四章
위기

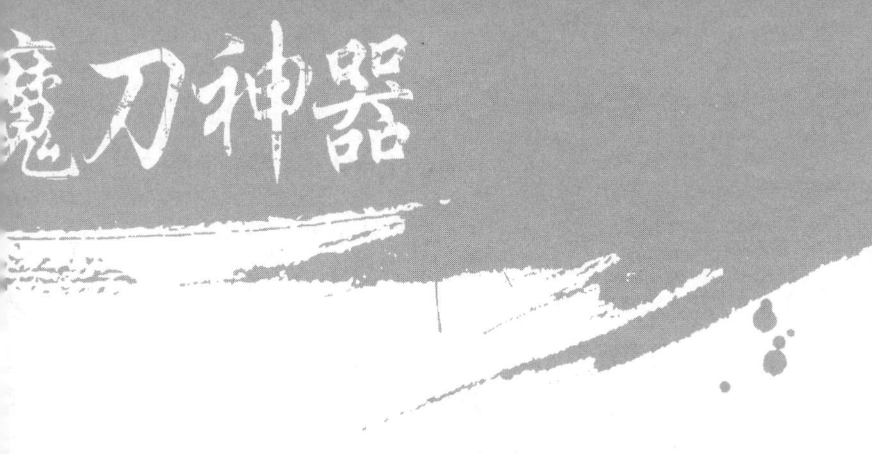

"정말 하나부터 열까지 골치 아프게 만드는 놈이군."

곡해성의 중얼거림에 초가인이 그를 바라보았다.

"그 운현이라는 사람을 말하는 것인가요?"

"그래, 신경을 안 쓸래야 안 쓸 수가 없게 만드는 놈이다. 가만히 뻗어 있을 것이지 왜 쓸데없이 움직이는지……."

"어떻게 하실 거예요?"

"죽여야지. 삭초제근(削草制根)이다."

"안 돼요!"

운현을 죽이겠다는 곡해성의 말에 초가인이 반대하고 나섰다. 그에 곡해성이 의아한 눈빛으로 그녀를 바라보았다.

"왜 그러느냐? 그 녀석은 구룡검의 주인이다. 지금이 아니면 죽일 수 없어!"

"죽이지 말라는 말이 아니에요."

"그럼?"

"그자는 제 손으로 죽여야 해요."

초가인의 말에 곡해성은 그제야 그녀가 안 된다고 했던 말 뜻을 알 수 있었다. 복수는 자신의 손으로 해야 한다는 생각 때문이었다.

"하지만 소담이 그 녀석도 손도 못 써보고 당한 녀석이다. 네가 감당할 수 있을 것 같더냐?"

"오라버니도 아시잖아요, 제가 무엇을 익혔는지."

"알지. 하지만 그런 것으로도 상하기 어려운 자다."

"제 실력을 못 믿으시는 건가요?"

"그건 아니다. 하지만……."

"아무튼 복수는 제 손으로 해야 해요."

고집을 피우는 초가인이다. 확실히 홍소담이 죽고 나서부터 조금씩 변해가는 그녀이다.

"좋다. 지금 내가 가려는 곳은 살수 집단인 흑살(黑殺)의 본거지다. 중원 최고의 살수 집단이지. 하지만 그들의 힘으로도 그자를 상하게 할 수 있다고 장담하지 못해."

"그 정도로 강한가요?"

"그래. 그날 보았던 그자의 모습은 나보다는 약하지만, 확실히 강하다고 할 수 있었어.”

“그렇군요.”

“그자가 흑살의 공격을 받고도 살아남는다면 네 손으로 복수할 기회를 주마.”

“정말이죠?”

“그래.”

곡해성의 약속에 초가인의 얼굴이 조금은 살아났다. 하지만 어디까지나 흑살의 공격을 받고도 살아남은 이후의 일이기 때문에 조금 초조한 모습을 보였다.

‘제발 살아남아라.’

지금 이 순간, 초가인은 운현이 살아남기를 간절히 기도하고 있었다.

흑살의 본거지는 사천의 바로 옆에 있는 감숙성에 있었다. 감숙성의 지형이 워낙 산세가 험하고 험난하여 살수인 그들이 몸을 숨기기에 안성맞춤인 곳이 바로 감숙성이었다.

사천성 성도(成都)에서 감숙성까지는 칠 일 거리. 그 거리를 곡해성과 초가인, 그리고 육천룡문 무사들은 사 일 만에 주파하고 있었다.

말을 타는 것도 아니고, 순전히 경공만 가지고 그렇게 달리고 있었다.

그럼에도 불구하고 전혀 지친 기색이 보이지 않는 그들. 운현만큼이나 괴물이라 불려야 할 사람들이었다.

곡해성이나 초가인이야 그렇다 치고, 육천룡문의 정예라 해도 오십 명의 무사들은 대단하다는 말밖에는 나오지 않았다.

곡해성과 초가인의 뒤를 그들은 일정 거리 이상 유지하며 따르고 있었다.

가까워지는 것은 몰라도 떨어지지 않는다는 것은 계속해서 같은 속도를 유지한다는 것이고, 곡해성과 초가인이 속도를 높여도 따라갈 수 있을 정도의 여력을 가지고 있다는 말도 되었다.

실로 괴물들이라 할 수 있었다.

그런 그들이 마음먹고 중원을 노렸다면 정파와 사파가 전쟁을 하지 않은 멀쩡한 상황이라도 당해낼 재간이 없을 것이었다.

"사형! 아직도 멀었나요?"

"조금만 더 가면 된다!"

초가인도 조금씩 힘에 부치는 모양이다. 아무렇지도 않던 표정이 조금씩 일그러지고 있었으니.

하지만 '조금만'이 조금이 아니었다. 그들은 감숙성의 성도인 난주(蘭州)를 지나 북쪽으로 더 올라가 기련산(祁連山)으로 향하고 있었다.

난주와 기련산까지는 걸어서 사 일 거리. 그 거리를 지금 그들은 거의 하루 반 만에 주파하고 있는 상황이었다.

그러니 아무리 철인이라고 해도 버틸 수가 없었다. 뒤쪽에 따르는 무사들도 점점 힘들어하는 모습을 보이고 있었고, 초가인 역시 점점 한계에 가까워져 가고 있었다.

"다 왔다!"

어느 순간 곡해성이 멈춰 섰다. 그러자 초가인과 오십 명의 무사들도 멈췄고, 모두 다행이라는 표정으로 휴식을 취했다.

"저곳이 바로 흑살의 본거지가 있는 기련산이다."

기련산(祁連山).

일명 남산(南山)이라고도 불리는 천하의 명산이다. 감숙성 장액(張掖)현 서남방에서 시작하여 청해성 성계(省界)까지 뻗쳐 산맥의 길이는 수천 리나 되며, 서쪽으로는 아미금산(峨眉金山) 산맥과 연결되어 있다.

그 산맥의 마디마디에는 마치 손가락을 세운 듯한 봉우리들이 구름을 뚫고 하늘을 떠받들고 있으며, 깎아지는 벼랑은 병풍을 연상케 한다.

벼랑과 벼랑 사이에 좁다랗게 파여진 계곡은 지옥의 입구처럼 좁고 길고 음산하다.

이런 지형의 기련산이니 몸을 숨기고 은밀하게 움직여야 하는 흑살로서는 최고의 기점이 되는 곳이었다.

"그런데 그들을 어떻게 찾죠?"

"찾아? 하하하!"

초가인의 물음에 곡해성이 크게 웃었다. 그러자 초가인은 왜 그러는지 모르겠다는 표정을 지었다.

'내 말이 그렇게 웃겼나?'

이상한 표정으로 곡해성을 바라보는 초가인. 이에 웃음을 멈추고 곡해성이 입을 열었다.

"웃어서 미안하구나. 그들은 우리가 찾을 수 있는 자들이 아니란다."

"예? 그럼 어떻게 만나죠?"

혹살을 찾아왔는데 찾을 수 없다니. 그럼 도대체 어떻게 하라는 말인가?

"그들이 스스로 모습을 드러내도록 만들어야지."

"그들이 모습을 드러내도록?"

"그래."

"쉬워요?"

"글쎄, 해봐야지. 나도 처음이거든."

그 순간 초가인은 왠지 모를 불길함을 느꼈다.

반 시진 후.

"오라버니, 찾아오긴 왔네요."

"그렇지?"

초가인과 곡해성의 대화. 하지만 목소리에서 느낄 수 있는 것은 딱 두 글자였다.

'긴장.'

말은 하지 않고 있었지만 육천룡문의 무사들 역시 긴장감이 역력했다.

스스스!

숲의 소리. 바람 소리와 바람에 흔들리는 나뭇잎 소리. 각종 풀벌레 소리와 산새들 소리. 거기에 짐승들 소리까지.

아무렇지도 않게 느껴지던 그 소리들이 지금은 온몸의 털들이 쭈뼛 서게 만들 정도로 오싹하게 들려왔다.

소리들을 타고 슬그머니 달려드는 살기. 마치 자신의 영역을 침범한 동물들에게 백수의 왕 호랑이가 자신의 존재를 알리는 것 같았다.

"보이지는 않지만 분명 있군요."

"아니, 이것두 보이는 거다. 저들은 절대로 기척을 보이지 않아. 설령 바로 등 뒤에 있다고 하더라도."

"까아악!"

곡해성의 말에 슬쩍 뒤를 돌아보았던 초가인은 비명을 질렀다. 자신의 뒤에 누군가가 서 있었기 때문이다.

쉬이익!

초가인이 자신의 단도를 뽑아 뒤쪽으로 휘둘렀다. 하지만 그 단도는 허공을 그을 뿐이었다.

"나타났다. 흑살."

곡해성의 말과 동시에 스무 명 가까이 되는 살수들이 속속 모습을 드러내기 시작했다.

'살아남을 수 있을까?'

흑살의 실력을 몸으로 느낀 초가인은 과연 운현이 살아남을 수 있을지 걱정이 되기 시작했다.

흑살의 본거지. 험하디 험한 기련산에서도 가장 깊은 곳에 있었다.

어두컴컴한 곳에 있는 그들의 본거지에 검은 살수복을 입은 그들이 돌아다니고 있으니 당최 움직이는 것이 보이지를 않았다.

그래도 본거지에 있기 때문인지 기척은 느낄 수 있어 사람들이 돌아다니고 있다는 것을 짐작할 수 있었다.

"들어가시오."

살수이기 때문인지 입 밖으로 소리를 내는 모습을 보이지 않는 그들이었다.

곡해성과 초가인은 살수 한 명이 데려다 준 장막 안으로 들어갔다.

스오오오!

"윽!"

"음!"

곡해성과 초가인이 안으로 들어가자 엄청난 양의 살기가 그들에게 폭사되었다. 숨도 쉬기 어려울 정도. 초가인과 곡해성은 서둘러 진기를 끌어올렸다.

"어쩐 일로 이곳까지 찾아왔는가?"

눈앞에 중년인의 모습이 보였다. 누군지 짐작할 수 있었다.

'살수지왕(殺手之王) 전풍(田豐)!'

살수지왕 전풍. 지금은 흑살의 문주로 앉아 살행을 나서고 있지 않지만, 십 년 전까지만 해도 살행 성공률 십 할을 기록한 전무후무(前無後無)한 대살수이다.

비록 십 년 동안 활동을 안 하고 있지만 그의 기도는 여전히 숨 막힐 정도로 대단하였다.

"저는 마교 군사 곡해성이라 합니다."

"마교?"

마교라는 곡해성의 말에 전풍의 살기가 조금은 옅어졌다. 그에 거친 숨을 내쉬는 초가인이다.

"마교가 무슨 일이지? 그것도 이곳까지 직접."

"당연히 청부가 있으니 찾아왔지요."

"청부라… 대마교가 청부라니. 우습군. 하하하!"

전풍이 호탕하게 웃었다.

"그래, 누구를 죽이고 싶어서 찾아왔는가?"

"구미가 당길 것입니다."

"누구?"

"검존."

“남궁가주를 말함인가?”

곡해성은 고개를 저었다. 십 년 동안 밖으로 나가지 않았기 때문인가, 아니면 모르는 척을 하는 것인가?

“그렇다면 무당파의 애송이를 말함인가?”

‘역시!’

알고 있다. 그렇다면 마교가 거의 붕괴 직전이라는 것도 알고 있을 터.

“그 아이를 죽여 달라고?”

“예.”

“마교의 힘으로 부족한가?”

“마교가 지금 어찌 되었는지는 잘 알고 계실 텐데요.”

“하긴, 그깟 애송이 때문에 교주가 나설 수는 없겠지. 마교에서 그 애송이를 상대할 수 있는 사람은 교주뿐일 테니.”

운현을 상대할 수 있는 사람은 교주뿐이라고 말을 하면서도 끝까지 애송이라고 하는 전풍.

‘자신감인가, 아니면 그저 습관인가?’

알 수 없었다. 하지만 살수지왕이라면 이해가 안 가는 것도 아니었다.

“특급이군.”

이번 청부를 특급으로 분류한다. 그렇다는 이야기는 흑살의 특급 살수들을 대동하겠다는 말과 같았다.

“특급 살수 둘이다. 불만없겠지?”

"물론이오."

"돈은?"

"여기 있소."

곡해성이 품에서 두둑한 전낭을 전풍에게 내밀었다. 전낭을 받아 그것을 열어본 전풍이 곡해성에게 물었다.

"얼마지?"

"은자 스무 냥이오."

"은자 스무 냥이라……."

물가가 오른 것일까? 이자도 은자 스무 냥이 마음에 안 드는 모양이다. 은자 스무 냥이면 실로 엄청난 금액이다. 은자 열 냥이 금자 한 냥이고, 금자 두 냥이면 성도와 같은 곳에 으리으리한 장원 하나를 살 수 있을 정도이다.

그런데도 그 돈이 적다고?

"살수들의 목숨 값은 비싸다."

"얼마를 더 줘야 하오?"

"열 냥 더."

"사기꾼!"

초가인의 입에서 사기꾼이라는 소리가 나왔다. 은자 삼십 냥, 그런 말이 나올 법도 했다.

"좋소. 하지만 지금은 돈이 없군. 그것이 가진 것 전부 다요."

"그래? 어찌하겠는가?"

잠시 생각하던 곡해성이 자신의 품에서 패(牌) 하나를 꺼냈다. 자신이 마교의 군사라는 것을 증명하는 패였다.

"나중에 이것을 가지고 마교로 찾아오시오. 수하들을 시켜도 상관없소. 그때 드리리다."

"어찌 믿나?"

"뭐?"

곡해성의 얼굴이 찌푸려졌다. 마교 군사 신분인 자신을 못 믿겠다는 것이었다.

"어찌 믿을 수 있냐고 물었다."

"지금 마교를 못 믿겠다는 것이오?"

"내가 지금 마교와 거래를 하고 있나?"

"뭐?"

"난 지금 그대와 거래를 하고 있는 것이지 마교와 거래를 하고 있는 것이 아니다. 안 그런가?"

곡해성이 아무런 대답도 하지 않자 전풍이 품에서 종이 하나를 꺼냈다.

"곡해성. 마교 군사. 무당산에서의 싸움 이후 행적 묘연. 이것이 무당산에서 싸움이 일어난 직후에 들어온 보고."

전풍이 그 종이를 곡해성에게 던졌다. 제대로 날아가지 않아야 정상인 종이가 정확하게 곡해성에게로 날아갔다.

"곡해성. 운남에서 모습을 보임. 오십여 명의 무사들과 동행. 현재 사천으로 향하는 중. 이것이 최근에 들어온 보고다.

그대는 마교로 돌아가지 않았다. 즉, 이 청부는 개인적인 것
이라는 말이지."

'감시였나?

"감시는 아니야. 하지만 우리 흑살의 정보력을 무시하지
마라. 개방? 하오문? 그들의 정보력에 절대 뒤지지 않는 것이
우리 흑살의 정보력이다."

마치 곡해성의 속마음을 읽은 듯 말하는 전풍. 순간 곡해성
의 몸이 떨렸다.

공포? 아니다. 흑살의 대단함에 의한 전율이라 해야 옳았
다.

흑살이 최고의 살수 집단이라는 것은 잘 알고 있다. 하지만
그들의 정보력과 실력이 이 정도일 것이라고까지는 생각하지
못했던 것이다.

"그러면 어찌하란 말이오? 지금은 돈이 없소."

"돈이 없으면 몸으로 때워야지."

전풍의 시선이 초가인에게로 향했다. 탐욕스런 눈빛. 그에
초가인은 몸을 부르르 떨었다.

마치 벌레가 몸을 기어가는 것 같은 느낌. 그런 느낌을 주
는 전풍의 시선이었다.

"뭐 하는 것이오?"

곡해성이 화난 어투로 물었다. 그러자 전풍이 곡해성에게
로 시선을 돌리며 입을 열었다.

"돈이 없다 하지 않았나?"

"그래서."

"뭐, 서로 좋자는 말이지."

전풍이 음흉한 미소를 지었다. 그의 미소에 곡해성의 분노가 확 끓어올랐다.

"지금 그걸 말이라고 하는가?"

평대로 바뀐 어투, 그리고 은은하게 흘러나오는 곡해성의 기도. 전풍은 지금 무언가 잘못되어 가고 있다는 것을 느낄 수 있었다.

"내가 힘이 없어 지금 여기까지 온 것이라 생각하나?"

화아악!

순식간에 엄청난 기도가 장막 안을 꽉 채웠다. 방금 전의 몇 배나 되는 기도였다.

주륵.

전풍의 이마에서 한 줄기 땀방울이 흘러내렸다. 살수 인생 중 처음으로 공포라는 것을 느끼는 순간이었다.

하지만 그것도 잠시, 전풍은 지금 이곳이 흑살의 본거지라는 것을 깨달았다.

이곳은 자신의 집. 특급 살수와 일급 살수들만 추려도 마흔 명에 달하는 인원이다.

자신에게 절대적으로 유리한 상황, 급속도로 치솟는 자신감이다.

“지금 이곳이 어디인 줄 아는가? 흑살이다. 그것도 심장부
에 있지. 나를 비롯한 살수들을 다 합치면 백 명이 넘는 인원
이 있다.”

까불지 마라. 그 말이었다. 그러나 곡해성은 전혀 두렵지
않았다.

“흥! 살수? 내가 고작 흑살 따위에 두려움을 느끼는 것이라
생각하는가?”

‘이건 아니다!’

“흥! 네놈은 몰라도 네놈의 수하들은 절대 살아 나갈 수 없
다. 마교 놈들 따위가 흑살의 공격을 받고 살아나? 어림없는
소리!”

“하하하하!”

갑자기 곡해성이 크게 웃었다. 그러자 전풍이 눈을 크게 뜨
고 그를 바라보았다.

“마교? 하하하! 내 수하들은 마교도가 아니다. 그들보다 수
십 배는 더 강하지. 흑살? 너희 백 명이 그들 오십 명을 이길
수 있을까?”

강한 자신감. 그리고 그것은 근거있는 자신감이었다.

점점 더 강하게 전풍을 짓누르는 곡해성의 기도와 그에 따
른 두려움. 전풍의 몸이 살짝 떨렸다.

‘어디서 이런 놈이 나왔단 말인가!’

듣도 보도 못한 이름이다. 곡해성, 몇 년 전에 갑자기 마교

군사로 나타난 이름. 군사가 되었기에 머리를 잘 쓰는 사람이
라 생각했다.

그런데 이 무공은 무엇이란 말인가!

그동안 무공을 숨기고 머리로만 승부를 보았다는 말인가?

무서운 사람이다.

"일 처리는 확실하게 할 것으로 믿는다. 난 이만 가지."

곡해성의 말에 전풍은 자신도 모르게 고개를 끄덕였다. 그
러자 곡해성이 초가인의 팔목을 잡고 장막을 나섰다.

"가자!"

곡해성의 말에 오십 명의 무사가 그의 뒤를 따랐다. 그리고
그들이 기련산을 벗어날 때까지 흑살의 추격은 없었다.

산동성에 들어선 운현 일행은 조금 여유를 가지고 움직였
다. 산동성에 들어온 이상 태산까지는 지척. 그렇다면 굳이
힘들여서 빨리 달릴 필요는 없었다.

거대한 관도 세 개가 모이는 제녕(濟寧)을 지나 운현 일행
은 곡부(曲阜)로 향하고 있었다.

거대한 관도이기 때문에 길이 험하지 않아 편안했고, 사람
들도 많이 다니기에 모처럼 활기를 느낄 수 있었다.

"너무 좋네요."

느린 만큼 여유가 생겼기 때문일까? 정미현의 얼굴에는 모
처럼 활짝 미소가 피어올랐다.

"그러게요. 날씨도 좋고."

운현 역시 밝은 표정으로 정미현의 말을 받았다. 갈염천은 일찌감치 악규영의 옆에 가 앉아 이런 날씨를 즐기고 있었다.

그렇게 한 시진 정도 지났을 때, 마차는 양쪽으로 숲이 우거진 곳을 지나게 되었다.

조금은 따갑게 내리쬐던 햇볕이 나무에 가려 덜 비추게 되었고, 바람도 선선하게 불어 머리카락을 흩날리고 있었다.

'……?'

눈을 감고 지금의 이 기분을 만끽하던 운현이 얼굴에 인상을 썼다. 어디선가 날아드는 불쾌한 느낌. 지금의 이 상황과 너무나도 이질적인 기운이었다.

'뭐지?'

살기? 그것도 아니었다. 살기라면 조금 더 구체적인 느낌을 줄 터, 그냥 불쾌감을 주는 이것은 살기가 아니었다.

마치 호랑이가 근처에 있는 것만으로도 다른 동물들이 느끼는 공포감, 두려움. 그런 비슷한 느낌이었다.

"뭔가 있는 것 같습니다. 조심하세요."

운현이 악규영에게 전음을 보냈다. 뭔가 심상치 않은 일이 벌어질 것만 같았다.

운현의 전음을 들은 악규영은 긴장하며 주변을 감지해 보았지만 아무것도 느껴지지 않았다. 하지만 왠지 모르게 운현의 말처럼 무언가가 있을 것 같은 불길함이 느껴졌다.

"안으로 들어가라."

갈염천은 악규영의 전음에 감고 있던 눈을 뜨고 그를 바라보았다.

"왜?"

"무언가 일이 벌어질 것 같다. 안으로 들어가서 저들을 지켜라."

"아저씨는?"

"내 몸 하나 정도는 지킬 수 있다."

갈염천이 잠시 걱정스런 눈빛으로 악규영을 바라보다가 마차 안으로 들어갔다. 안에 있는 운현과 정미현에게도 이야기를 해주어야 한다는 생각이 들었기 때문이다.

"뭔가 일이……!"

뭔가 일이 벌어질 것 같다고 말을 하려던 갈염천은 운현의 표정을 보고는 입을 닫았다. 이미 알고 있는 듯 창밖을 굳은 표정으로 둘러보고 있었다.

'뭐야, 알고 있었어?

"알고 있었습니까?"

"그래, 아무래도 심상치가 않아."

"아저씨한테 들었어요?"

"아니."

'……?

아니라는 말은 운현이 먼저 느끼고 악규영에게 알려주었다는 말?

'어떻게!'

공기의 단계에 들어 황룡기는 없다. 가진 것은 태극진기뿐. 하지만 태극진기의 위력이 이 정도? 구룡지기를 익힌 자신들보다 더 뛰어난 오감을 발휘할 정도로?

"아무튼 일이 벌어지면 제 곁에서 떨어지지 말아요."

"걱정하지 마."

운현이 미소를 지으며 갈염천에게 말했다. 그에 갈염천이 알 수 없다는 표정으로 운현을 바라보았다.

'도대체 이 인간은 무엇을 믿고 이렇게 자신 있는 모습인가!'

갈염천은 도저히 알 수 없었다. 당연했다. 운현두 알 수 없었으니.

황룡기도 없다. 가진 것은 태극진기뿐.

태극진기에 대한 믿음은 확고하다. 하지만 둘이 있을 때와 하나만 남았을 때의 차이는 분명하게 드러난다.

하지만 지금의 기분은 최상이다.

절대로 예전의 그런 무위를 보이지 못할 것 같지가 않다. 지금이라면 자신이 생각했던 모든 것을 다 할 수 있을 것만 같다.

지금 운현의 상태가 그랬다.

'왜일까?'

운현은 스스로에게 물음을 던졌다. 하지만 이내 답 내리는 것을 포기했다.

지금의 이 상태가 왜 그런 것인지 알 필요가 없었다. 지금 이 순간 내 자신이 그러하면 그러한 것일 뿐.

"벽으로 붙어."

"뭐?!"

운현이 말하는 것과 동시에 정미현을 잡아 마차 벽으로 몸을 기댔다.

운현이 왜 그런 말을 하는지 모르는 상황이지만 갈염천은 일단 재빨리 몸을 뒤로 눕혀 벽에 기댔다.

쏴아악!

작은 암기 하나가 빠른 속도로 마차 안을 지나갔다. 아마도 운현의 얼굴을 노린 한 수였던 것 같았다.

"……!"

갈염천은 너무 놀랐다. 눈 깜짝할 사이에 무언가가 자신의 얼굴 앞을 지나갔기 때문이다.

만약 운현의 말이 조금만 늦었더라면, 자신이 그것에 조금이라도 늦게 반응을 했더라면 자신의 얼굴에 날아와 박혔을 암기다.

"아저씨!"

갈염천은 밖에 있는 악규영을 불렀다. 자신들은 안에 있었기에 공격에 격중당할 확률이 적었지만 전신을 밖에 노출시키고 있는 악규영은 가장 위험한 상황이었다.

"내 걱정은 마라! 속도를 높인다!"

다그닥! 다그닥!

천천히 달리던 마차의 속도가 갑자기 빨라졌다. 빠르게 움직이는 마차 안에 타고 있는 사람을 정확히 공격한다는 것은 분명 어려운 일이었다.

"도대체 어떤 놈들이야!"

갈염천이 소리쳤다. 마교와의 싸움도 거의 끝난 분위기고, 딱히 자신들을 공격할 만한 사람들이 없었다.

'마교의 잔당? 아닐 것이다.'

운현은 필사적으로 머리를 굴렸다. 누구일까. 누구일까. 하지만 아무리 생각을 해보아도 머리에 떠오르는 사람이 없었다.

히이이잉!

"으악!"

"꺄악!"

갑자기 말이 요란한 소리를 내면서 발버둥치기 시작했고, 그 때문에 마차 전체가 심하게 흔들렸다. 다행스럽게도 마차가 뒤집히거나 하지는 않았다.

마차 안쪽을 겨냥하기 힘드니 아예 멈추도록 말을 겨냥한 것 같았다.

“아무래도 내려야 할 것 같다.”

운현의 말에 갈염천과 정미현, 운현이 주변을 경계하며 마차에서 내렸다.

“크으!”

“괜찮아요, 아저씨?”

말이 요동치는 바람에 마부석에서 떨어졌는지 악규영은 신음 소리를 내면서 일어서고 있었다.

“괜찮다. 그나저나 다들 괜찮소?”

악규영의 말에 운현과 정미현이 고개를 끄덕였다. 그리고 악규영이 운현과 정미현이 있는 쪽으로 걸어갔다.

“누구인 것 같소?”

“잘은 모르겠지만 이들이 살수들인 것만은 분명합니다.”

“원한을 살 만한 사람은?”

“마교가 있지만 그들은 아닌 것 같고. 희박하기는 하지만 육천룡문 쪽도 생각해야 하지 않을까 합니다.”

“음……”

운현의 말에 악규영의 얼굴이 찡그려졌다. 이럴 줄 알았으면 좀 더 빨리 달려 태산으로 갔어야 했다.

“조심해야 합니다.”

운현의 말에 악규영과 갈염천, 정미현이 고개를 끄덕였다.

살수라면 언제 어디서 나타나는지 모를 정도로 뛰어난 은신술을 가지고 있는 자들이다.

지금은 최대한 감각을 끌어올려 그들의 움직임을 찾는 데
주력해야 할 시점이었다.

스스스.

나뭇잎 흔들리는 소리. 시간은 천천히 흐르고 있었다.

모습을 드러내지 않는 그들. 하지만 그들이 자신들을 노리
고 있다는 사실은 분명히 알 수 있었다.

"온다."

운현의 말에 세 명은 긴장하기 시작했다. 이 정도로 기척을
알아내기 어려운 살수들이라면, 중원에는 단 한 곳밖에는 없
기 때문이다.

'흑살!'

쒜에에엑!

피슝!

"큭!"

재빨리 피하기는 했지만 운현의 팔뚝에는 상처가 생겼다.
서서히 올라오는 피. 생각보다 상처가 깊은지 많은 양의 핏물
이 흘러나오고 있었다.

'뒤!'

깡!

"큭!"

운현이 재빨리 뒤쪽에 있는 사람들 앞으로 나서며 구룡검
을 휘둘렀다. 이번에는 용케 막아내었지만 날아오는 암기의

힘은 장난이 아니었다.

"괜찮아요?"

"괜찮아요. 장난이 아닌데요?"

운현의 말에 다들 긴장했다. 하지만 단 한 사람, 갈염천만이 이상하다는 눈빛으로 운현을 바라보고 있었다.

'어떻게 알았지?'

첫 번째 암기가 날아올 때에도 그랬다. 비록 상처를 입기는 했지만 분명 피하는 반응을 보였다. 두 번째에는 한 발 앞서 암기를 막아내었다.

반면 자신이나 악규영은 아무런 반응도 보이지 못했다. 그렇다면 운현의 오감이 더 뛰어나다는 말과 같았다.

'어떻게?'

풀리지 않는 의문. 이것은 경험이나 선천적으로 타고나는 감각으로는 설명되지 않는 것이었다.

쒜엑!

쒜엑!

"조심!"

하나가 아니다. 이번에는 둘이었다. 그것도 서로 다른 방향에서 운현이 아닌 다른 사람들을 노리고 날아온 것이었다. 운현을 제외한 다른 사람들은 반응을 못했기에 그들을 노린 듯했다.

까앙!

깡!

"큭!"

이번에는 좀 더 제대로 암기를 쳐내는 운현. 하지만 악규영은 그렇지 못했는지 신음 소리를 내었다. 운현이 말한 대로 힘이 장난이 아니었기 때문이다.

관도 정중앙에서 양쪽 숲까지의 거리는 대략 육 장 정도. 몸을 숨기고 있으니 운현 등과 살수들과의 거리는 그보다 더 멀다고 봐야 했다.

그 정도 거리를 날아와서도 이 정도 힘을 발휘한다는 말은 거리가 좀 더 가까워지면 공격의 위력은 더욱더 강해진다는 말과 같았다.

'이대로 속수무책으로 당해야 하나?!'

다급해지는 운현이다. 상대는 멀리서 자신들을 보며 공격하고 있다. 반면 자신들은 상대가 어디에 있는지도 알 수가 없다. 거리도 멀고.

어떻게 해서든 적들과 가까이 붙어야만 했다.

"여기서 꼼짝 말고 계십시오. 최대한 오감을 열어 암기들을 막아내면서 버텨주십시오. 구룡지기라면 충분히 가능할 겁니다."

"무엇을 하려고요!"

정미현이 놀라 소리쳤다. 여기서 가만히 있으라는 말은 운현이 무슨 일을 하겠다는 것과 같았다.

도망치는 것은 아니겠지만, 분명 일행과 따로 떨어지겠다는 말과 같았다.

"내가 떨어져 나가면 공격이 분산이 될 거야. 그러면 조금 더 수월해지겠지."

실제로 흑살의 특급 살수는 두 명. 그러니 운현이 일행과 떨어져 나온다면 공격 분산의 효과는 분명할 것이었다.

타앗!

발바닥 쪽으로 진기를 몰아 땅을 박차는 운현. 엄청난 속도로 앞쪽 숲으로 사라졌다.

"운현!"

어떻게 잡아볼 틈도 없었다. 그렇게 운현은 숲 속으로 사라졌다.

"운현!"

다시 한 번 운현을 부르는 정미현. 그러자 악규영이 그녀에게 소리쳤다.

"지금은 적들에게 집중하시오! 운 소협은 분명 멀쩡히 돌아올 것이니!"

그 옆에서 갈염천이 고개를 끄덕였다. 자신들보다 먼저 살수들의 정체를 알아차리는 오감. 그 실력을 믿는 것이다.

단순히 오감만 보고 믿는다고 하면 말이 안 되는 것이겠지만, 지금의 운현에게는 눈에 보이는 것이 아닌 다른 무언가가 있었다.

확실했다.

정미현은 이를 악물었다. 운현이 걱정되어 미칠 것 같았지만, 그래도 지금은 언제 어디서 날아올지 모르는 적들의 공격에 대비해야 했다.

사사삭!

"어!"

그 순간, 운현이 들어간 숲과 반대쪽에 있던 살수 한 명이 운현이 들어간 숲 쪽으로 날아가는 모습이 보였다.

뛴 것도 아닌, 분명 날아간 것이었다. 사십여 장의 거리를 단번에 건너뛰었으니.

하지만 그들은 움직일 수 없었다. 반대편에 적들이 몇 명이나 있는지 모르므로. 그들은 이곳에 온 살수가 고작 두 명이라는 것을 모르고 있는 상황이었다.

숲으로 들어온 운현은 최대한 조심스럽게 움직였다. 온몸의 신경 세포를 활성화시켜 전후좌우상하(前後左右上下)를 전부 감시했다.

상대들은 자신을 보고 있을 것이 분명했기에. 그것이 적과 운현의 차이였다.

상대는 운현을 보고 있지만, 운현은 그렇지 못하다는 것.

그 차이는 전장에서 엄청나게 크다. 목숨 한둘의 차이도 아니었다. 순식간에 수백의 목숨이 날아갈 수도 있는 조건이었다.

‘어디냐!’

운현은 자신의 발걸음 소리와 숨소리를 다른 소리들과 서서히 분리하기 시작했다.

즉 자신이 내는 소리는 들리지 않고 외부의 소리만 듣고 있는 것이었다.

이는 운현의 뛰어난 집중력과 긴장감이 만들어낸 신비한 현상이라 할 수 있었다.

‘헛!’

휘리릭!

깡!

운현이 몸을 회전시키며 구룡검을 휘둘렀다. 순식간에 운현에게 달라붙어 단검을 휘둘렀다가 사라지는 살수.

실로 엄청난 빠르기와 실로 엄청난 은신이었다.

“후우……!”

운현이 심호흡을 했다. 그리고는 다시 집중하기 시작했다.

다시금 차단되는 운현의 소리. 그리고 다시 한 번 운현의 몸이 움직였다.

좌악!

“큭!”

이번에는 막아낸 것이 아니었다. 피하고 찔렀다.

정확하게 맞추지는 못했지만 분명 상처를 내었다. 그렇다면 더 이상 아무리 기척을 숨겨도 어쩔 수가 없다.

혈향(血香). 아무리 기척을 죽여도 냄새는 어쩌지 못하는 것이다.

'한 명인가?'

운현은 다행이라고 생각했다. 이런 살수가 두 명 이상 된다면 자신은 버틸 수가 없을 것이었다.

'이런!'

"큭!"

잠깐의 방심. 그 틈을 방금 전의 살수가 아닌 다른 살수가 노렸다.

'한 명이 더 있었던가?!'

공격에 당하지는 않았지만 피하면서 거목에 몸을 부딪쳤다. 생각보다 심한 통증. 제대로 방비를 못했기 때문이다.

'낭패다! 두 명이라니!'

피 냄새가 난다. 한 명의 위치는 대충 알 수 있을 것 같았다. 그렇다면 재빨리 그자를 처리하는 것이 우선이었다.

스윽!

'젠장!'

운현이 움직이려고 한 발을 내딛는 순간, 그의 뒤에서 인기척이 느껴졌다. 자신도 모르는 사이에 뒤를 잡힌 것이다.

파앗!

운현이 앞으로 몸을 날림과 동시에 뒤쪽으로 검을 뿌렸다.

어느새 진기를 끌어올렸는지 은은한 검기를 머금은 구룡검이다.

파박!

하지만 그 정도에 당할 살수가 아니었다. 재빨리 뒤로 몸을 빼내는 살수. 그리고 또다시 모습을 감추었다.

상처 입은 살수가 내던 혈향도 사라졌다. 바람을 앞에서 맞은 모양이다.

팽창하는 긴장감. 점점 더 깊어지는 운현의 눈동자다.

꿀꺽.

운현의 침 삼키는 소리가 숲 속 깊숙이 울려 퍼졌다.

第五章
재회(再會)

魔刀神器

　　긴장감은 고조되었지만 마음은 오히려 편안했다. 긴장과 흥분에 요동치는 심장이지만 마음은 간간이 파도만 치는 드넓은 바다의 고요함과 같았다.

　　사악, 사악.

　　운현의 발걸음 소리만 들리는 숲 속, 적은 은신의 고수. 그것도 둘. 절대로 불리한 상황.

　　하지만 운현은 전혀 흔들리는 모습이 아니었다.

　　'어디냐.'

　　오감을 최대로 열었지만 잡히지 않는다. 아예 움직임이 없거나 사라졌거나 둘 중 하나다.

‘느껴야 한다.’

듣고, 보고, 냄새를 맡는 것으로는 부족하다. 오감이 아니라 육감이 필요하다. 전체의 감각을 통틀어 상대의 기척을 느끼는 것.

‘왼쪽!’

촤앙!

“큭!”

순간적으로 느껴진 적의 기척. 그리고 운현은 빠르게 구룡검을 왼쪽으로 뿌렸다.

운현을 공격하려던 살수의 단도와 부딪치는 구룡검. 하지만 단도의 위력과 구룡검의 위력은 비교가 되지 않았다.

분명 기척도 없이 접근했다. 이번에는 소리 소문 없이 죽일 수 있을 것이라 생각했다.

하지만 예상 밖의 선공. 자신의 기척을 느꼈다는 말과 같았다.

살수는 깜짝 놀랐다. 막힌 공격, 그리고 흐트러진 중심. 그 때문에 재빨리 몸을 뺐어야 함에도 불구하고 그렇게 하지 못했다.

“하압!”

운현이 기합을 내지르며 검을 찔렀다. 검기를 머금은 구룡검. 적을 향해 뿌려지는 검은 한줄기 광선(光線)을 만들어내었다.

"크악!"

늦기는 했지만 최대한 빠르게 몸을 빼기는 했다. 하지만 그 것도 늦었다.

옆구리에 깊게 파인 상처. 심각한 상처였다.

"끄아악!"

은신과 기습에는 따라올 상대가 없다고 할 수 있는 흑살의 특급 살수이지만, 일단 상대와 마주쳐서 싸우게 되면 나약하기 짝이 없는 사람들이 또 특급 살수였다.

그대로 쓰러지는 살수. 거동하기 어려운 상처를 입었기에 이 싸움은 끝난 것이나 마찬가지였다.

긴장한 것에 비해서 시시하게 끝난 싸움. 하지만 아직 한 사람이 더 남았다.

슈욱!

챙!

운현은 구룡검을 휘둘러 뒤에서 날아온 암기를 쳐냈다. 힘이 많이 약해진 암기. 방금 전 운현의 공격에 쓰러진 살수가 던진 암기였다.

더 이상 싸울 수 없는 상황임에도 불구하고 살행에 성공해야 한다는 자존심을 가지고 던진 암기였다.

그것은 암기가 아닌 자존심덩어리였다.

운현은 그에게 다가갔다. 끝까지 포기하지 않는 정신. 자신을 죽이려고 했지만 살수의 그 정신은 박수를 쳐줄 만한 것이었다.

이런 상대에게 고통을 준다는 것. 그것은 죄악과 같았다.

운현은 구룡검을 들어 올렸다. 그리고는 정확히 심장을 향해 검을 찔렀다.

푸욱!

깊숙이 들어가는 구룡검. 정확하게 심장을 찌르는 검이다.

비명도 없다. 비명을 지르지 못할 정도로 순식간에 죽은 것이다.

운현은 가만히 그에게 고개를 숙였다.

휙!

운현은 곧바로 몸을 돌렸다. 이제 남은 사람은 한 명. 자신이 팔뚝에 상처를 내었던 그 상대만 남았다.

상처를 입은 상대이기에 조금은 수월할 것이라 생각하는 운현이다. 하지만 운현은 여기에 변수가 생길 것이라고는 전혀 생각하지 못했다.

상대가 자신들을 노리지 않는다는 것을 확신하고 숲으로 들어선 악규영과 갈염천, 정미현은 운현을 찾았다.

상대의 실력으로 보아 적어도 일급 이상의 실력을 가진 살수. 비록 일 대 일의 싸움에서는 운현이 앞선다고 하여도 상대가 살수라면 이야기는 달라진다.

운현이 숲으로 뛰어들자 두 명의 살수가 운현을 상대하러

떠난 것만 보아도 그들의 목표는 운현이라는 것을 알 수 있었
다.

　쉬욱!

　"크윽!"

　암기 두 개가 날아왔다. 전부 악규영을 향해 날아가는 암
기. 둘은 어찌어찌 피했으나 하나의 암기가 악규염의 어깨에
박히고 말았다.

　오른쪽 어깨, 검을 쥐는 쪽이다. 이제 악규영의 전투력은
사라졌다 봐도 무방했다.

　이 중에서 가장 강하다고 할 수 있는 악규영이었기에 갈염
천과 정미현의 실력으로는 살수를 상대하기 어려웠다.

　'아뿔싸! 방심했다!'

　"아저씨! 괜찮아요?!"

　갈염천의 물음에 악규영은 고개를 끄덕였다. 하지만 자신
이 오른팔을 쓸 수 없게 된 지금의 상황은 좋지 않다.

　살수들이 운현만 노리고 있을 것이라 생각했기에 자신들
이 이곳에 오면 오히려 운현의 약점이 될 수도 있다는 생각은
하지 못했다.

　"큭!"

　그러는 사이 다리에도 암기가 날아와 박혔으니 피하는 것
도 요원했다.

　"아저씨!"

"조용히 하고 주변을 철저하게 경계해라! 최대한 집중해! 상대는 너보다 강하다!"

악규영의 말에 갈염천은 이를 악물고 고개를 끄덕인 후 주변을 철저히 살피기 시작했다. 정미현 역시 약간의 두려움은 보였지만 잘 견디고 있었다.

피융!

또 하나 날아드는 암기. 이번에는 정미현이다.

"꺅!"

깡!

비명을 지르며 검을 휘두르는 정미현. 하지만 조금 늦은 데다가 암기에 실린 힘이 그녀가 감당하기에 조금 벅찬 감이 있었다.

"큭!"

정미현의 검과 부딪쳐 방향이 바뀐 암기는 그대로 갈염천의 가슴팍을 스치고 지나갔다. 생각보다 깊게 파인 상처. 찢겨진 자그마한 살점이 옷에 붙어 있었다.

"괜찮아요?!"

"전 괜찮으니 신경 쓰지 말아요!"

남자의 자존심. 여자가 있는데 약한 모습을 보일 수는 없었다. 그리고 지금은 아프다고 엄살을 부릴 상황도 아니고.

쉬익! 쉬익!

두 개의 암기가 또다시 날아왔다. 이번에는 갈염천. 상처를 입었기에 표적을 그로 바꾼 것 같았다.

'방향이라도 알면!'

상대의 움직임은 치밀했다. 혼자서 하는 공격이기에 그런지는 몰라도 이리저리 방향을 옮겨가며 공격을 하고 있었다.

그리고 옮기는 방향 역시 짧은 거리에 한정된 것이 아니라 굉장히 다방면이었다.

이동하는 동안에 기척이 없는 것은 당연. 그러니 더욱더 난감할 수밖에 없었다.

보이지 않는 적과의 싸움. 언제 어디서 날아올지 모르는 공격. 자칫하면 의식하지 못하는 사이에 죽을지도 모르는 상황.

그런 상황들은 악규영과 갈염천, 정미현에게 서서히 공포감을 심어주고 있었다.

"……!"

퍼억!

"큭!"

악규영이 나가떨어졌다. 순식간에 벌어진 일. 그에 뒤쪽을 돌아보려 했던 정미현과 갈염천은 몸을 돌릴 수가 없었다.

등 쪽에서 느껴지는 뾰족한 물체의 느낌 때문이었다. 단검, 그것이 분명했다.

"움직이지 마라. 죽는다."

살수의 말에 정미현과 갈염천은 움직일 수가 없었다. 살기와 함께 들려온 말이기 때문이었다.

‘젠장! 이렇게 쉽게 뒤를 잡히다니!’

적룡기를 익히고 강해져 가는 자신을 느끼면서 갈염천은 자신감이 하늘을 찔렀다. 그렇기에 운현을 처음 보고 약하다고 할 수 있었고, 자신에게 형이라고 부르라는 운현의 말에 자존심도 상했었다.

그런 갈염천이었기에 지금의 상황은 치욕이었다.

부스럭.

“어?!”

부스럭 소리와 함께 운현이 나타났다. 팔뚝에 생긴 상처 이외에 별다른 부상을 입은 것 같지는 않았다.

“운현…….”

정미현이 나직이 운현을 불렀다.

운현은 지금의 상황을 이해할 수가 없었다.

악규영은 쓰러졌다가 몸을 일으키고 있고, 갈염천과 정미현의 뒤에는 살수 한 명이 단검을 들이대고 있다.

그들이 왜 여기에 있는가?

자신은 분명 밖에 있으라 했는데?

“내가…….”

운현이 입을 열었다. 단단히 화가 난 모습. 갈염천과 정미현을 인질로 잡고 있는 살수에게 화가 난 것 같았다.

“그 자리에 가만히 있으라고 했잖아!!”

화악!

깜짝!

운현의 몸에서 뻗어 나오는 분노의 기운. 이것은 내력과는 전혀 관계가 없는 감정의 표출이었다.

운현이 화를 낸 상대는 악규영과 갈염천, 정미현이었다. 지금 이 상황, 전혀 가망이 없어 보이는 상황이었다.

운현의 호통에 악규영과 갈염천, 정미현은 깜짝 놀랐다. 자신들에게 화를 낼 것이라고 생각도 못한 데다가 운현의 표정이 너무나도 무서웠기 때문이다.

잔뜩 화가 난 표정. 이 말로 다 표현할 수 있을까. 화? 분노? 차마 말로는 표현하기 어려운 표정이었다.

정미현이 운현의 표정을 보고 겁먹었을 정도이니.

"미안하오."

아규영이 사과에도 운현은 전혀 신경 쓰지 않았다. 사나운 눈초리로 그들을 한 번 본 운현은 살수에게로 시선을 돌렸다.

움찔!

살수가 자신도 모르게 몸을 움찔했다. 살기도 아닌 그냥 운현의 분위기가 살수를 위축되게 만든 것이었다.

악규영과 갈염천, 정미현은 고개를 푹 숙인 채 아무런 말도 하지 못했다.

운현이 자신들에게 화를 낸 것은 둘째였다. 자신들의 잘못된 판단으로 운현으로 하여금 힘든 상황을 맞게 한 것은 부인할 수 없는 사실이기 때문이었다.

운현, 한 사람의 분위기에 압도되어 있는 상황.

하지만 살수는 지금 현재 자신이 유리한 위치에 있음에도 불구하고 그 상황을 살리지 못하고 있었다. 특급 살수라는 이름이 아까울 정도였다.

저벅. 저벅.

운현은 천천히 한 걸음씩 떼었다.

운현이 가까이 다가올수록 심한 압박감을 느끼는 살수. 몸이 조금씩 떨려왔다.

"오지 마라! 안 그러면 둘 다 죽는다!"

살수의 외침에도 운현 자신은 전혀 상관없다는 듯 계속해서 발걸음을 떼었다. 그런 운현의 모습에 오히려 살수는 아무것도 하지 못하였다.

흐릿.

순간 운현의 신형이 사라진 듯 흐려졌다. 살수는 두 눈을 몇 번 깜빡였다가 다시 뜨고 앞을 보았다. 자신이 잘못 본 것이라 생각한 것이다.

하지만 분명 그 자리에 운현은 없었다. 어떻게 사람이 귀신 사라지듯 사라질 수 있단 말인가!

"어딜 보고 있는 거냐."

'헛!'

등 뒤에서 들려오는 운현의 목소리. 살수는 기겁하여 양손에 들고 있던 단검을 뒤쪽으로 휘둘렀다.

그와 동시에 자유의 몸이 된 갈염천과 정미현은 악규영이
있는 쪽으로 몸을 날렸다.

까강!

구룡검과 검집으로 두 개의 단검을 쳐내는 운현. 그리고는
자신의 발로 살수의 가슴팍을 강하게 걷어찼다.

퍼억!

"끄아악!"

쾅!

뒤로 오 장 가까이 날아간 살수는 그대로 거대한 나무에 부
딪쳤다.

쩌저적!

우지끈! 쾅!

살수기 날이외 부딪친 힘을 이기지 못하고 나무가 쪼개지
더니 그대로 앞으로 쓰러지며 그 밑에 깔리는 살수. 즉사였다.

물론 운현의 발에 차임과 동시에 가슴이 함몰되어 죽어 있
는 상황이었지만 다른 사람들이 보기에는 나무에 깔려 죽은
것처럼 보였다.

상황 종료. 특급 살수 두 명과의 혈투는 이렇게 끝났다. 운
현의 압도적인 승리로.

말이 죽어버렸기에 더 이상 마차를 타고 갈 수는 없었다.
결국 곡부에 도착할 때까지 그냥 걸어가는 수밖에 없었다.

암기에 맞아 다리와 어깨에 부상을 입은 악규영도 어쩔 수가 없었다. 대충 지혈을 하고 상처를 감싸 통증을 최소화하고 걷는 수밖에는.

그나마 구룡지기를 익힌 이상 일반인보다 더 빨리 상처가 아물 것이다.

게다가 관도 중에서도 가장 큰 관도로 연결되어 있는 곡부이기에 중간에 갈림길을 맞을 걱정도 없었고, 그냥 쭉 따라가기만 하면 되는 것이기에 큰 무리는 없었다.

운현 일행은 대화가 없었다. 아니, 할 수가 없었다.

살수와의 싸움 이후 연신 일행들보다 이 장 정도 앞서 걸어가는 운현이다. 아무 말도 없이.

크게 문제가 되는 것은 아니지만 정작 문제가 되는 것은 악규영과 갈염천, 정미현이었다.

운현의 분위기가 심상치 않아 가서 말을 걸 수도 없었다. 특히나 정미현은 운현에게 다가갈 엄두도 내지 못하고 있었다.

악규영이나 갈염천이 운현에게 다가가 보려 했지만 허사였다. 말도 못 붙여봤고, 가까이 가려 하면 운현의 몸에서 나오는 것으로 생각되는 알 수 없는 기운 때문에 가까이 갈 수조차 없었다.

실제로 그런 기운이 있는 것은 아니지만 인간의 심리라는 것이 그런 것을 만들어낸 것이다.

거리감이었다.

'운현…….'

앞서 걸어가는 운현의 뒷모습을 보면서 정미현은 안쓰러운 표정을 지었다.

그 정도로 화를 내는 모습은 한 번도 본 적이 없었다. 지금까지 운현의 모든 것을 알고 있다고 생각했는데, 그것도 아니었다.

언제나 가깝고 친하게 느껴졌던 운현이 지금은 이 장의 거리가 아닌 몇십 리 이상으로 멀게 느껴졌다.

"하아……."

작게 한숨을 쉬는 그녀. 그때 그녀의 귀로 갈염천의 전음이 들려왔다.

"왜 그래요? 형 때문에 그래요?"

끄덕.

정미현이 고개를 끄덕였다. 고개를 끄덕이는 그녀의 모습에는 힘이 하나도 없었다.

"너무 걱정 말아요. 나중에는 풀어지겠죠."

갈염천의 말에 정미현은 다시 한 번 고개를 끄덕였다. 갈염천의 말대로 시간이 지나면 운현의 화도 풀릴 것이다. 하지만 그전까지 정미현은 너무나도 견디기가 어려울 것 같았다.

'운현…….'

이런 정미현의 마음을 아는지 모르는지 운현은 그저 말없이 앞서 걸어갈 뿐이었다.

그런 그들의 앞쪽으로 멀리 곡부가 눈에 들어오기 시작했다.

반나절 정도를 더 걸어서야 운현 일행은 곡부에 들어설 수 있었다.

왁자지껄한 거리를 지나기 때문일까? 운현 때문에 무거웠던 마음이 조금은 풀리는 것 같은 느낌을 받는 일행이다. 하지만 여전히 앞서 걸어가는 운현의 표정이 어떤지는 볼 수가 없었다.

여전히 화가 난 표정일까? 무표정? 웃는 표정?

악규영과 갈염천, 정미현 셋 모두 그것이 궁금했다. 하지만 쉽사리 운현에게 접근할 수가 없었다.

스윽.

그때, 갈염천이 앞으로 한 발짝 나섰다. 활기찬 곡부의 분위기에 취했는지 운현에게 다가가는 그다.

"무슨 짓을 하려고 그러느냐!"

"좀 있어봐요."

악규영은 갈염천이 또 운현의 심기를 거스를까 봐 노심초사하고 있었다.

하지만 갈염천은 괜찮다며 성큼성큼 운현을 따라잡았다.

"형."

"……."

갈염천이 운현을 불렀지만 운현에게서는 대답이 없었다. 벌써 반나절 이상을 아무런 말없이 걷고 있는 운현이다.

처음 보는 사람이 그 시간 동안 동행을 했다면 아마도 운현을 벙어리로 생각했을 정도였다.

"형!"

굴하지 않고 다시 한 번 운현을 부르는 갈염천. 그에 운현이 그쪽으로 고개를 돌렸다.

무표정, 하지만 차가운 눈빛. 그것만 보아도 운현이 아직 화가 난 상황이라는 것을 알 수 있었다.

"죄송해요."

갈염천의 사과에 운현은 다시 고개를 돌려 정면을 바라보았다. 그리고는 걸음을 좀 더 빨리했다.

그 모습에 이번에는 정미현이 나섰다. 거리의 차가 좀 있고, 조금 진보다 더 빨리 걷고 있는 운현이기에 정미현은 그에게 달려갔다.

"운현."

운현의 팔을 붙잡는 그녀. 그에 운현의 발걸음도 멈추었다. 갈염천 때처럼 무시하고 앞으로만 나갈 수는 없는 모양이었다.

"나 좀 봐요. 네?"

정미현이 애원하듯 말했다. 운현에게 미안한 마음도 있고,

지금 이런 모습을 보이는 운현의 태도에 서운함도 있어 그녀의 눈가에는 조금씩 물기가 맺히고 있었다.

여인의 눈물 앞에서 흔들리지 않는 남자가 있을까?

하물며 운현처럼 천성이 여린 사람이라면 흔들리지 않을 리가 없었다.

역시나 흔들리는 운현의 눈동자. 그런 운현의 곁으로 악규영이 다가왔다.

"일단은 좀 쉬지요. 객점이라도 들어가서 앉읍시다."

악규영의 말에 운현은 그를 바라보았다. 여전히 아무런 말도 하지 않은 채로.

"동의한 것으로 받아들이겠소."

악규영은 불편한 몸을 이끌고 객점을 찾으러 이동했다. 그런 그를 보며 갈염천이 곁에서 부축했다.

"가요."

이번에는 정미현이 먼저 발걸음을 떼었다. 운현의 뒷모습을 보며 걷는 것이 정말 힘들었기 때문이다.

이번에는 본의 아니게 가장 뒤에서 걷게 된 운현이었다.

악규영이 찾아 들어간 객점 안은 한산했다. 아무래도 서로 간의 속마음을 풀어내려면 조용한 곳에서 대화를 하는 것이 나을 것 같았기 때문이다.

곡부 같은 도시에서 이렇게 한산한 곳을 찾기란 쉽지 않았기에 악규영은 땀을 삘삘 흘리고 있었다.

구석진 곳에 자리를 잡고 앉은 운현 일행은 간단한 음식을 주문했다. 그리고는 반나절 이상을 쉬지 않고 걸은 다리에게 휴식을 주고 있었다.

역시 대화는 없었다. 운현이야 당연히 아무런 말도 꺼내지 않고 있었고, 정미현이나 갈염천, 악규영은 서로 눈치만 보고 있을 뿐 그 누구도 이야기를 꺼낼 생각을 하지 못하고 있었다.

"미안하오."

결국 먼저 이야기를 꺼낸 것은 가장 나이가 많은 악규영이었다. 운현의 뒤를 따라 숲으로 들어간 것도 악규영이 먼저였으며, 가장 나이가 많고 경험이 많음에도 불구하고 생각이 짧았던 것도 바로 ㄱ였다.

그렇기에 악규영이 가장 먼저 운현에게 사과를 한 것이다.

"내가 조금만 더 냉철하고 사려 깊었다면 이런 일은 벌어지지 않았을 것이오. 진심으로 사과하오."

묵묵부답(默默不答). 운현의 태도였다.

그러자 참다못한 갈염천이 입을 열었다.

"형, 난 형이 성정이 나쁜 사람이 아니라는 것을 잘 알아. 하지만 이건 아니잖아? 우리가 분명 잘못한 것은 맞아. 그리고 진심으로 미안한 마음도 가지고 있고, 내가 한 사과나 여기 아저씨가 한 사과는 진심에서 우러나오는 사과야. 모르겠

어? 그러면 이제 형도 받아들이려는 자세가 필요한 것 아닌
가?"

"조용히 해."

"아저씨!"

갈염천의 말에 악규영이 그에게 말했다.

"시끄러! 그게 잘못을 저지른 사람의 태도냐! 사과를 하는
데 있어서 다른 말은 필요없어! 내가 잘못했다. 여기까지가
끝이야. 그 뒤에 무슨 말이든 붙기 시작하면 그것은 진심이
담긴 사과가 아니다!"

악규영의 말에 갈염천은 입을 다물고 고개를 숙였다. 나이
가 있는 악규영의 경험에서 우러나오는 말이었지만 아직 어
린 나이의 갈염천은 받아들일 수 없었다.

"정말 미안하오."

다시 한 번 악규영이 사과했다.

"내가 화가 난 것은……."

드디어 운현의 입이 열렸다. 그러자 고개를 숙이고 있던 갈
염천은 고개를 들어 운현을 바라보았고, 정미현의 눈에는 눈
물이 그렁그렁 맺혀 있었다.

"거창한 이유 때문이 아닙니다. 왜 자신들의 목숨을 가볍
게 여기지요? 제가 왜 숲으로 뛰어들었다고 생각하십니까?"

책망하는 어투. 악규영이나 갈염천, 정미현 중 아무도 대답
을 하는 사람이 없었다.

“그 자리에 있어봤자 아무런 해결책도 없었습니다. 적들이 어디에 있는지도 모르고, 몇 명이 있는지도 몰랐지요. 분산을 시켜야 했습니다. 아십니까?”

“하지만 반대편 숲 속에 있던 살수가 형이 뛰어든 쪽으로 들어갔어. 우리는 적들이 몇 명인지 모르고 있었기에 가만히 있었지. 하지만 한 식경이 지나도 공격은 없었어. 알아? 그래서 우리는 곧바로 형이 들어간 숲 속으로 뛰어든 거라고.”

“뛰어들면? 도움이 될 거라고 생각했어? 생각해 봐. 그전까지 살수의 공격에 제대로 반응한 사람이 있었나?”

없었다. 운현 말고는.

“하지만 형은!”

“내가 뭐? 황룡기가 없다고? 약하다고? 누가 그러던? 내가 약하다고. 네 기준으로, 네 눈으로 보기에 약해 보이면 다 약한 거냐?”

운현의 말에 갈염천은 고개를 숙였다. 지금까지 자신은 운현을 그렇게 판단했기 때문이다.

“어려.”

운현의 말에 갈염천은 울컥했다. 어리다는 말, 갈염천이 제일 싫어하는 말이었다.

“내력, 내공, 진기. 이것들만 가지고 약하고 강하고를 판단하는 것. 아직 어리다.”

운현과 갈염천의 나이 차는 얼마 나지 않는다. 그 때문에 갈염천은 더욱더 운현에게 어리다는 말을 듣는 것이 자존심 상했다.

"넌 어리다."

악규영이 거들었다. 그에 갈염천이 그를 바라보았다.

"그리고 나도 어리다."

무슨 말일까? 갈염천은 알 수 없다는 표정으로 악규영을 바라보았다.

"나는 운 소협보다 나이가 더 많다. 하지만 난 어려. 무슨 말인지 알겠느냐?"

갈염천은 대답 대신 고개를 저었다.

"운 소협은 나이는 어리지만 나나 너보다 훨씬 더 많은 경험을 가지고 있다. 수많은 싸움을 통해 검존이라는 칭호를 얻었고, 그 수많은 싸움을 통해 얻은 경험이라는 것이 있다. 반면에 너와 나는 그다지 많은 경험이 있는 것이 아니지."

"하지만 경험은 나이와 비례하는 것 아닌가?"

"삶의 전반에 걸쳐 생각해 보면 그럴 수도 있지. 하지만 강호 경험은 나이에 상관이 없어. 나도 강호에 나온 지 얼마 되지 않은 풋내기에 불과하다."

알 듯 말 듯 고개를 갸웃거리는 갈염천이다. 반면 정미현은 조금은 알겠다는 듯 살짝 고개를 끄덕였다.

다시 운현이 입을 열었다.

"강하다고 하는 것은 무공의 고저도 물론 중요하다. 하지만 경험과 깨달음이 더해지지 않은 강함은 그저 껍데기일 뿐이다. 황룡기? 그래, 없다. 사라진 것은 아니겠지만 분명 사용할 수 없지. 하지만 내가 얻은 깨달음은 사라지지 않았고, 내가 몸으로 익힌 경험은 영원히 지워지지 않는다. 이것이 내가 너보다 내공이 약하면서도 살수들의 기척을 찾아내고 반응할 수 있었던 이유이다."

운현의 말에 갈염천이 고개를 끄덕였다.

"살수와의 싸움은 다른 무인들과의 싸움과는 완전히 다르다. 상대의 기척을 읽을 수 있고, 상대의 공격에 반응할 수 있으면 내가 이기는 것이고, 그렇지 못하면 죽는 것. 그 외의 상황은 있을 수 없다. 모 아니면 도의 상황이지. 그것을 모르고 숲으로 뛰어든 것은 우리 넷 모두가 그대로 목숨을 내놓는 것과 마찬가지였다."

운현의 말에 갈염천뿐만 아니라 악규영도 고개를 숙였다. 목숨을 내놓는 것이라는 운현의 말이 너무나도 확 와 닿았기 때문이다.

"강호는… 그런 곳이야."

운현의 말이 가슴 깊이 새겨지는 그들이었다.

간단하게 식사를 한 그들은 잠시 휴식을 취했다. 일단 흑살의 공격을 뿌리쳤으니 당분간은 공격이 없을 것이고, 곡부에서 태산까지는 마차로 천천히 가도 이틀이면 가는 거리이기 때문에 크게 서두를 필요는 없었다.

하지만 혹시 모르는 일이기에 언제라도 출발할 수 있도록 마차와 간단한 짐 같은 것은 모두 준비해 두었다.

밤이 되었다.

부상을 입은 악규영과 갈염천은 근처에 있는 의원에서 간단한 치료를 받은 뒤 쉬고 있었고, 운현과 정미현은 객점에 남아 있었다.

침상에 누워 잠시 휴식을 취하던 운현은 왠지 모를 답답함에 자리에서 일어났다.

그리고는 객점 밖으로 나갔다.

곡부의 야경은 그다지 아름답지는 않았다. 특히나 객점 자체가 조금 외진 곳에 있기 때문에 불빛도 거의 들지 않는다.

홍등가의 시끄러운 소리는 멀리서 작게나마 들려오고 있었고, 운현이 서 있는 객점 앞은 마치 그곳과 동떨어진 딴 세상인 것처럼 느껴졌다.

"흐읍!"

운현이 차가운 밤공기를 폐부 깊숙이 빨아들였다. 조금은 마음이 시원해지며 답답함이 뚫리는 것 같았다.

실로 오랜만에 느껴보는 여유인 것 같았다.

'옛날이 좋았는데……'

운현은 처음 무당에 들어가서 청산에게 무공을 비롯해서

여러 가지를 배울 때를 떠올렸다. 절로 미소가 지어지는 시절이었다.

여러 가지 장난도 많이 쳤고, 기뻤던 일도 있었으며, 나름대로 가슴 아팠던 일도 많았다.

'그때……'

비무를 했을 때, 구룡검을 만나지만 않았더라면 지금 자신의 인생은 어떻게 변해 있을지…….

'둘 중에 하나겠지. 살아 있거나 죽어 있거나.'

마교와의 싸움에서 죽었거나, 아니면 끝까지 살아남았거나. 살아 있는 지금과 비교했을 때 다른 점을 꼽아보라면 한 가지를 꼽을 수 있을 것이다.

'정 소저.'

구룡검이 없었더라면 아마도 정미현과는 만나지 못했을 것이다.

운현은 고개를 돌려 정미현이 쉬고 있는 방을 바라보았다. 불이 꺼져 있는 그녀의 방. 운현은 슬며시 미소를 지었다.

아까의 화는 전부 사라진 상황이었다. 어찌 소중한 사람들에게 화만 내고 있을 수 있을까. 운현은 그런 사람이 못 되었다.

"뭐 해요?"

"음?"

운현이 뒤를 돌아보니 자고 있는 줄 알았던 정미현이 나와 있었다.

"안 자고 있었어요?"

"잠이 안 와서 그냥 누워만 있었어요. 잠이 올까 해서요."

정미현이 운현의 옆에 섰다. 그리고는 하늘을 올려다보았다.

"별이 많네요. 달은 없는데."

"그러게요."

달이 없어 밝지는 않았지만 별들이 굉장히 많이 보이는 하늘이었다. 마치 야명주를 작게 가루 내어 박아놓은 것처럼.

둘은 말이 없었다. 아까의 일로 조금 어색해진 둘의 사이.

"아까는 정말 무서웠어요. 그런 모습은 처음이에요."

정미현의 말에 운현은 살수와 대치했을 때의 상황을 돌이켜 보았다. 그때는 왜 그랬는지 모르게 굉장히 화가 많이 났었다.

"저도 처음이었어요, 그렇게 순간적으로 화가 치밀어 올랐던 적은."

"그렇군요……."

정미현이 작게 고개를 끄덕였다. 그리고 다시 대화가 끊어졌다. 확실히 조금 어색해진 두 사람이다.

"자네, 아직까지 그 정도 진전밖에 못 나갔는가?"

갑자기 들려온 목소리, 노인의 것이었다.

정미현과 운현이 그쪽으로 고개를 돌렸다. 그와 동시에 눈에 들어온 사람의 모습에 둘의 눈은 놀란 토끼눈이 되었다.

第六章

청노(青老), 홍노(紅老)

魔刀神器

"할아비지!"

"어르신!"

정미현과 운현이 자리에서 벌떡 일어섰다. 정미현이 할아
버지라 부르고, 운현이 어르신이라고 부르는 사람은?

"할아버지!"

정미현은 곧장 달려가 서 있는 노인의 품에 안겼다. 감숙성
에 있을 것이라 생각했던 정 노인이 나타난 것이다.

"보고 싶었어요! 흑! 흑!"

"오냐. 이 할아비도 보고 싶었다."

정 노인의 품에 안긴 정미현이 눈물을 흘렸다. 운현이 좋아

오랜 시간 정 노인과 떨어져 살았지만 언제나 마음 한구석에
는 정 노인에 대한 그리움이 자리 잡고 있었다.

운현 역시 자신의 목숨을 구해주고 자신에게 황룡기를 전
수해 준 정 노인에 대한 생각을 가끔씩 하고 있었다.

"인석아, 그만 울어라. 내일 아침에 두 눈이 퉁퉁 붓겠구
나."

"할아버지도."

정미현이 눈물을 훔치며 정 노인의 품에서 나왔다. 정 노인
의 가슴팍은 그녀의 눈물로 흠뻑 젖어 있었다.

"그동안 어떻게 지내셨습니까?"

"나? 그냥 이런저런 일을 하면서 지냈지. 그나저나 자네,
좀 변한 것 같은데?"

"아! 할아버지!"

정미현이 무언가 생각났다는 듯 정 노인을 바라보았다. 그
런 다음 운현을 한 번 바라보고는 다시 정 노인에게 말했다.

"운현이 공기의 단계에 든 것 같아요."

"응? 공기의 단계에 든 것이면 든 것이지 같아요는 또 뭐
냐?"

"그것이……."

운현이 뒷머리를 긁적이며 정 노인을 바라보았다.

"아, 여기서 이럴 것이 아니라 안으로 들어가요."

정미현이 정 노인과 운현을 객점 안으로 잡아끌었다.

객점에 들어간 정 노인과 운현은 술을 시켰다. 오랜만에 만나서 회포를 푸는 데에 술만큼 좋은 것이 또 없기 때문이다.

"그래, 정신을 잃고 깨어나 보니 황룡기가 느껴지지 않았다고?"

"예."

"음……."

사실 정 노인도 공기의 단계에 대해서는 이론으로만 알 뿐 경험해 본 적이 없었다. 그렇기에 딱히 무어라 해줄 수 있는 말이 없었다.

"잠시 좀 살펴봐도 되겠지?"

"예."

운현이 팔을 내밀자 정 노인은 운현의 중단전을 살펴보기 시작했다.

운현은 자신의 몸으로 주입된 미량의 황룡기를 느낄 수 있었다. 아주 낯익은 느낌. 운현의 입가에 절로 미소가 지어졌다.

"공기의 단계가 맞는 것 같구나."

잠시 운현의 중단전을 살펴보던 정 노인이 손을 떼며 말했다. 그에 정미현이 얼굴을 밝히며 물었다.

"정말요? 맞는 거예요?"

"왜 네가 더 좋아하냐? 공기의 단계는 이 아이가 도달한 것이지 네가 도달한 것이 아니야.”

“뭐 어때요? 좋으면 좋은 거지.”

정미현의 말에 피식 웃은 정 노인은 운현을 바라보았다.

“황룡기가 사라진 것은 아니네. 예전에 말했지? 공기의 단계에 들면 황룡기는 중단전에 다른 두 개의 기운을 받아들이기 위해서 그릇을 만든다고.”

“예.”

“지금이 그 상태이네. 익숙한 느낌은 있어. 그런 느낌은 못 받았나?”

“그동안 몸이 정상적이지 못해 그런 것은 느끼지 못했습니다.”

“음… 아무튼 내가 보기에는 공기의 단계가 맞네. 축하하네.”

“감사합니다.”

정 노인의 축하에 운현이 웃는 낯으로 그 축하를 받았다.

“그런데 둘뿐인가?”

“아닙니다. 일행이 있는데 그들은 부상을 입어 의원에 가서 치료를 받고 잠시 쉬는 중입니다.”

“부상?”

“예. 중간에 일이 좀 있었습니다.”

“무슨 일?”

“살수들이 저를 노리고 찾아왔었습니다.”

“자네를? 마교는 지금 그럴 여력이 없을 텐데?”

“살수에게 청부를 하는 것이야 누구든 가능하니까요.”

“음… 마교 이외에 다른 사람일 가능성은?”

“마교의 인물 중 육천룡문과 관련된 사람이 있었습니다.”

“육천룡문?”

“모르십니까?”

“난 모르네.”

정 노인은 육천룡문에 대해서 들어본 적이 없는 것 같았다. 그에 고개를 끄덕인 운현이 이야기를 풀어놓았다.

“어르신께서 말씀하신 나머지 여섯 용이 육천룡문이라는 문파를 만들었는데, 그 힘이 굉장한 모양입니다.”

“그래? 큰일이군.”

“예. 제가 싸웠던 그 마교 사람은 합룡기를 익힌 사람이었습니다.”

“합룡기!”

정 노인의 반응은 악규영이나 갈염천, 정미현이 보인 반응보다 더 컸다.

절대로 있을 수 없는 일이라는 정 노인의 반응. 운현은 그런 정 노인을 가만히 바라보았다.

“내가 자네에게 말해주지 않은 것이 하나 있네.”

“무엇입니까?”

“합룡기를 만들려면… 반드시 황룡기가 있어야만 하

네⋯⋯."

"그 말은?!"

운현과 정미현은 놀란 표정으로 정 노인을 바라보았다.

"그래, 그러니 그들은 원래 합룡기를 만들 수 없어."

"그럴 수가!"

운현의 놀라움은 더욱 컸다. 상대가 합룡기를 이루었다고 했을 때 얼마나 놀랐던가! 그 강함, 결코 따라갈 수 없는 강함이었다.

그런데 황룡기가 없이는 합룡기를 이룰 수 없다니?

그렇다면 그가 한 말이 거짓이라는 말인가?

운현이 정 노인을 바라보았다. 혼란스러운 눈빛이었다.

"그자의 말이 거짓은 아닐 것이다. 분명 그들이 그들끼리 합룡기를 만드는 어떤 방법을 찾아낸 것이겠지."

정 노인의 말에 운현은 고개를 끄덕였다. 그자의 말과 눈빛이 거짓을 말하고 있는 것 같지는 않았다.

"큰일이군. 저들이 합룡기를 얻을 수 있다는 점과 그들이 세력을 키웠다는 점. 무엇 하나 우리에게 이로울 것이 없는 상황이야. 그들 문파 하나가 어지간한 정파나 사파의 문파들보다 훨씬 더 뛰어날 거야."

정 노인의 말에 운현은 고개를 끄덕였다. 그런 힘을 가지고 있는 그들이 왜 아직까지 모습을 드러내지 않고 있는지는 알 수 없지만, 거대한 위협인 것만은 확실했다.

"일단은 제가 합룡기를 얻는 것이 가장 중요하다고 봅니다."

"그렇지. 그것이 우선이지. 한시라도 빨리 얻어야 할 것이야."

"물론입니다."

운현의 말에 정 노인이 분위기를 바꾸려는 듯 술을 한 잔 들이켰다.

"자, 이제 그동안 뭐 하고 지냈는지 한번 들어볼까? 파란만장했을 것 같은데 말이야. 하하하!"

정 노인의 말에 운현과 정미현의 얼굴에도 웃음이 피어올랐다.

다음날, 악규영과 갈염천은 정오가 다 되어서야 돌아왔다. 약 기운에 취해서인지 조금 늦게 일어난 것이었다.

"아! 배고파!"

들어오면서 소리치는 갈염천. 만약 객점 안에 사람들이 있었다면 모두 그에게 시선을 집중시켰을 것이다.

"철 좀 들어라."

"쳇! 만날 똑같은 소리만 하고."

갈염천이 입을 삐쭉 내밀며 말했다. 둘이 오기를 기다리고 있던 운현과 정미현은 그 모습을 보고는 미소를 지었다.

"오셨습니까. 몸은?"

“괜찮소. 식사는 하셨소?”

“아직입니다. 오시면 함께 먹으려고 했지요.”

“먼저 드시고 계시지… 우리가 언제 올 줄 알고.”

“이때 즈음 오실 줄 알았습니다.”

운현과 악규영의 대화를 듣고 있던 갈염천이 이층에서 내려오는 정 노인을 보았다. 처음 보는 사람이기에 시선이 갔지만 객점에 온 손님 정도로만 생각하는 그였다.

“이 아이는 홍노의 제자이고… 자네는 청노의 제자이구면?”

정 노인이 갈염천과 악규영의 머리 색깔을 보고 말했다. 그러자 악규영과 갈염천의 시선이 정 노인에게로 향했다. 사부님을 아느냐는 눈빛으로.

“그래, 청노와 홍노는 잘 있는가?”

“사부님을 아십니까?”

“잘 알지.”

악규영의 말에 정 노인이 웃으면서 대답했다. 그러자 악규영이 운현을 바라보았다.

‘이분은 누구?’

운현을 바라보는 악규영의 눈빛이었다.

“이분은 정 소저의 할아버지 되십니다.”

“아! 황룡기!”

갈염천이 소리치자 정 노인은 고개를 끄덕였다.

"그렇다네. 내가 여기 있는 운현에게 황룡기를 가르쳤지.
아니, 가르쳤다기보다는 이 친구 혼자서 깨친 것이지."

"반갑습니다. 저는 악규영이라고 합니다."

"저는 갈염천입니다."

악규영과 갈염천은 정 노인에게 깍듯이 인사했다. 자신의
사부와 사형제 지간이었기 때문이다.

"그래, 식사하고 바로 떠날 참인가?"

"그렇습니다. 사부님들이 기다리고 계실 겁니다."

"그렇군. 그러고 보니 굉장히 오랜만에 보겠군. 몇 년 만인
지 기억도 가물가물해. 아직도 머리를 파랗고 빨갛게 하고 다
니나?"

"예."

"허! 이것참, 뭐, 자네들을 봐도 알겠네마는."

정 노인의 말에 악규영과 갈염천이 미소를 지었다. 특히 갈
염천은 자신의 빨간 머리가 참 멋있다고 생각하고 있었다.

"자, 어서 식사하시죠."

운현의 말에 다들 식탁에 앉았고, 잠시 후에 주문한 음식이
나왔다.

예상치 못하게 정 노인이 합류하기는 했지만 다행스럽게
도 마차가 비좁거나 불편하지는 않았다.

이틀이나 걸리는 거리였지만 정 노인의 입에서 나오는 이

야기는 갈염천이나 운현, 정미현의 흥미를 끌기에 굉장히 좋은 이야기들이었다.

그 덕분에 마차를 타고 태산까지 가는 이틀 동안 그들은 심심하지 않게 이동할 수 있었다.

"다 왔습니다. 태산입니다."

마차가 멈추었고, 악규영이 문을 열었다.

"오! 이곳이 태산인가? 대단하군."

태산에 처음 와보는 정 노인이 웅장한 기백이 느껴지는 태산을 보고는 감탄사를 내뱉었다.

"그렇지요. 태산은 중원 오악(五岳) 중 동악(東岳)이라 하고, 태악(太岳)이라고도 부릅니다."

운현이 간략하게 태산에 대해서 말해주었다.

"그렇게 불릴 만하군. 그런데 얼마나 걸어 들어가야 하지?"

"한 시진 정도 들어가면 됩니다."

"오래 들어가야 되는군. 뭐 이리 꼭꼭 숨었나?"

"하하. 자, 이제 올라가시죠."

악규영와 갈염천이 앞장서서 태산을 오르기 시작했고, 그 뒤를 정 노인과 운현, 정미현이 따랐다.

악규영은 한 시진이라고 했지만 막상 들어가고 보니 한 시진이 좀 넘게 걸렸다.

한 시진 반 정도 올라가는데, 그냥 편편한 곳에 있는 것도
아닌 깊숙한 곳에 있다 보니 여간 힘든 것이 아니었다.

또 태산이 좀 험한가? 가파르고 높고 험하고.

그러니 아무리 무림인이라도 힘이 들 수밖에 없었다.

"자, 저곳입니다."

절대로 사람이 살 수 없을 것 같은 곳에 집이 있었다. 문을
나서면 작은 공간이 있고, 바로 깎아지른 듯한 절벽이 있었으
며, 발밑을 조심하여 집 뒤로 돌아 들어가야 몇 명이 쉴 수 있
는 공간이 있는 곳이었다.

"문을 뭐 저렇게 냈나? 저건 분명 홍노가 한 짓일 거야."

오랜만에 친우들을 만난다는 생각 때문인지 정 노인의 말
이 조금 거칠어졌다.

"홍노야, 청노야! 니외봐라! 형님 오셨다!"

마치 젊었을 적으로 돌아간 것 같은 기분이 드는 모양이다.
지금까시 보지 못했딘 정 노인의 모습을 볼 수 있었다.

"응? 누가 형님이야?"

문이 열리고 붉은 머리의 노인이 나왔다. 아마도 갈염천의
사부이리라.

"나다!"

"엉? 이게 누구냐? 황노 아니냐?!"

홍노가 정 노인을 보고 굉장히 반가워했다.

"황노?"

운현이 정미현을 바라보았다. 그러자 정미현도 처음 듣는 호칭이라며 어깨를 으쓱해 보였다.

"이게 얼마만이야!"

"오랜만이지!"

정 노인과 홍노가 서로를 꽉 껴안았다. 만나지 못한 세월만큼 그 반가움의 깊이는 굉장히 컸다.

"이거 완전히 쪼글이 노인 다 됐구먼?"

"그러는 너는! 다 늙어서 아직도 빨간 머리냐!"

"빨간 머리가 뭐 어때서!"

홍노의 말에 작게 고개를 끄덕이는 갈염천이다.

"그런데 청노는?"

"아, 오랜만에 고기 좀 먹는다고 멧돼지 한 마리 잡으러 갔다. 그냥 작은 거 하나 잡아 오라고 했는데… 이렇게 손님들이 많이 올 줄 알았으면 곰이라도 한 마리 잡으라고 할 걸 그랬어! 하하!"

홍노가 호쾌하게 웃었다. 갈염천과 비슷한 성격. 적룡기의 특징인 것 같았다.

"아, 저기 오는구나!"

홍노가 저 멀리서 커다란 멧돼지 한 마리를 잡아 들고 오는 청노를 발견하고는 그를 불렀다.

"이봐, 청노! 여기 누가 왔는지 아나?!"

홍노의 말에 청노는 들고 온 멧돼지를 마당에 잘 모셔(?)두고는 정 노인과 홍노가 있는 쪽으로 걸어왔다.

"그동안 잘 있었나?"

"오랜만이군."

"이 친구, 싱거운 건 여전하군! 하하하!"

몇십 년 만에 만나서 '오랜만이군'이라는 짧은 한마디를 한 청노에게 정 노인이 환한 웃음을 보였다. 정말 기분이 좋은 듯 보이는 정 노인이었다.

"그런데 너희들은 구룡검의 주인을 찾으러 간다고 하더니… 데려왔느냐?"

"사부, 바로 옆에 두고도 모르세요?"

갈염천의 말에 홍노의 고개가 옆으로 돌아갔다. 그리고 그 자리에는 운현이 서 있었다.

"아! 자네가 구룡검의 주인이군!"

"그런 것 같군."

홍노와 청노의 말에 운현이 허리를 굽히며 그들에게 인사했다.

"운현이라고 합니다."

"반갑네."

"만나서 반갑군."

"저도 두 분을 만나뵙게 되어 정말 반갑습니다."

운현의 말에 청노와 홍노가 고개를 끄덕였다.

"자, 이러지 말고 들어가지. 오랜만에 만났으니 회포를 풀어야지?”

“그렇지!”

홍노와 정 노인이 어깨동무를 하고 집으로 들어갔고, 청노는 밖에 놓아둔 멧돼지를 손질하기 위해 그리로 갔다.

“자, 들어가요.”

갈염천이 운현과 정미현을 데리고 집 안으로 들어갔고, 악규영은 청노와 함께 멧돼지 요리를 하기 위해 청노의 뒤를 따랐다.

그날 하루, 청노와 홍노의 집은 화기애애했다. 오랜만에 만난 친구들끼리 회포를 푸느라 시간 가는지 모를 정도였다.

그들의 뒤치다꺼리를 하느라 갈염천과 악규영은 연신 하품을 하고 있었고, 정미현은 운현에게 기대어 잠을 청하고 있었다.

“저 아이가 구룡검의 주인이라고?”

“맞아. 자네도 느꼈을걸? 이 년 정도 전 즈음에 구룡검이 울었던 것을.”

“암! 느꼈지. 그때 구룡검이 주인으로 인정한 아이가 바로 이 아이야?”

“그렇다네.”

홍노가 술기운이 올라 벌겋게 달아오른 얼굴로 운현을 빤히 들여다보았다.

그렇게 노골적으로 들이대니 민망하여 어쩔 줄을 모르는 운현. 그에 홍노가 정 노인 쪽으로 다시 시선을 돌렸다.

"황룡기를 익혔다고? 무슨 단계야?"

"공기."

"벌써?"

"빠르지."

홍노가 아까와는 다른 눈빛으로 운현을 바라보았다.

"그럼 내일부터 당장 적룡기를 끌어내야겠군."

"청룡기부터다."

"뭐야?"

홍노의 말에 청노가 딴죽을 걸고 나섰고, 순간 홍노와 청노 사이에 불꽃이 튀었다.

"화끈하게 적룡기를 먼저 익혀야지."

"너무 화끈해서 데이지나 않을까 걱정이군. 일단은 차분한 청룡기를 먼저 익히는 게 좋아."

지지직!

홍노와 청노의 눈빛이 마주치며 이런 소리가 나는 것 같았다.

"뭐라고? 마치 지렁이 기어가듯이 꿈틀거리는 청룡기 주제에."

발끈!

"죽고 싶나?"

"죽어? 내가? 청룡기 따위를 이기지 못할 내가 아니지!"

"나와라."

"좋다!"

홍노와 청노는 자리에서 벌떡 일어섰다. 홍노는 술기운이 올라 얼굴이 벌겋게 달아오른 것이 꼭 머리카락 색깔과 비슷했고, 청노는 마신 듯 안 마신 듯 얼굴이 약간 하얗게 변하여 청룡의 느낌과 비슷하게 느껴졌다.

"그만! 아이들 앞에서 이게 무슨 추태인가! 이래서 내일부터 이 아이가 잘도 수련을 하겠네!"

정 노인의 호통에 홍노와 청노는 다시 자리에 앉았다. 하지만 여전히 서로를 보며 으르렁거리는 모습이었다.

"무엇을 먼저 익히던 무에 상관인가? 지금 중요한 것은 어떤 것을 먼저 익히느냐가 중요한 것이 아니라 운현이 하루 빨리 합룡기를 익혀야 한다는 것이야!"

정 노인의 말에 청노와 홍노는 아무런 말이 없었다.

"안다, 알아. 그 녀석들… 문파를 세웠다고 하더군."

홍노의 말에 정 노인이 고개를 저으며 말을 이었다.

"그것으로 끝나면 차라리 다행이다. 문제는 그게 아니야!"

"그럼 뭔가?"

청노의 물음에 정 노인이 인상을 찌푸리며 말했다.

"그 녀석들……. 황룡기 없이 합룡기를 얻는 방법을 찾아냈다."

"뭐?!"

"말도 안 돼!"

청노와 홍노가 놀란 듯 정 노인을 바라보았다. 황룡기 없이 합룡기를? 절대 불가능한 소리다.

"못 믿겠지만 저기 있는 운현, 저 아이가 경험한 일이다."

"어떻게 이런 일이!"

"술이 확 깨는 말이군."

청노와 홍노가 저마다 반응을 보이며 한마디씩 했다. 화기애애했던 분위기는 한순간에 가라앉아 버렸다.

쾅!

"도대체 그 녀석들은 무슨 생각으로 그러는 것이냐!"

홍노가 흥분한 듯 탁자를 치며 소리쳤다. 하지만 그들을 직접 만나기 전까지는 아무런 대답도 듣지 못한 것이었다.

"오늘은 늦었으니 내일 다시 이야기하세."

"잠도 싹 달아났다. 계속해."

청노의 말에 정 노인이 정미현 등을 바라보며 말했다.

"저 아이들도 좀 쉬어야 하지 않겠는가? 나도 장거리를 이동하느라 피곤하네."

"하아……."

정 노인의 말에 홍노가 고개를 끄덕이며 자리에서 일어났다.

"그래, 내일 얘기하도록 하지. 젠장! 오늘 잠은 다 잤군."

“내일 보지.”

홍노와 청노가 자리에서 일어나 자신들의 거처로 돌아갔다. 그리고 악규영은 운현과 정미현, 정 노인에게 잠잘 곳을 알려주었고, 갈염천은 늘어지게 하품을 하면서 식탁 위의 술상을 정리하기 시작했다.

“에고, 아까운 술.”

다 쏟아지고 몇 방울 안 남은 술잔의 술을 혀로 핥아 먹는 갈염천이었다.

다음날 아침.

쾅!

“일어나! 언제까지 퍼져 있을 참이냐! 원래 늙으면 아침잠이 없는 법이야!”

홍노가 정 노인이 자고 있는 방의 문을 세게 열며 들이닥쳤다. 어제 정 노인이 한 말 때문에 밤새 뒤척이다 겨우 반 시진 정도밖에 못 잔 홍노였다.

“잠 좀 자자! 아직 해도 안 떴구먼!”

정 노인이 소리를 빽! 질렀다. 아직 밖은 어둑어둑한, 해가 이제 막 뜨려는 시각. 이르긴 이른 시각이었다.

“원래 산은 아침 해가 늦게 뜬다! 빨리 일어나서 얘기를 마저 끝내야지!”

화악!

홍노가 정 노인이 덮고 있는 이불을 걷어내 버렸다. 순식간에 전신을 덮치는 싸늘한 공기. 산속이라 산 아래보다 공기의 온도가 훨씬 더 낮았다.

"추워!"

"일어나라니까!"

둘의 소란에 깨어나는 사람들이 하나둘씩 생겼다. 심지어 운현과 정미현은 무슨 일이 난 줄 알고 정 노인의 방까지 찾아왔다.

"진작 일어나지. 괜히 상관없는 사람들까지 다 깨우게 만들고 말이야!"

"그게 네놈 잘못이지 내 잘못이냐?!"

이번에는 정 노인과 싸우는 홍노다. 역시 적룡기의 성격을 그대로 닮은 홍노였다.

"너희들은 가서 좀 더 자도 된다."

"그래도 돼요?"

정미현이 아직 잠이 한가득 담긴 눈을 비비며 물었고, 정 노인은 고개를 끄덕였다.

"그래, 가서 자도 된다. 자네도 가서 좀 더 자게."

"아닙니다. 잠이 다 깼습니다. 그리고 그 이야기에는 저도 좀 끼어야 할 것 같아서요."

"당사자이니 그렇긴 하지. 알겠네. 조금 있다가 나가지."

정 노인의 말에 홍노도 정 노인의 방에서 나왔다. 홍노가

나가고 문이 닫히자 한숨을 푹푹 내쉬며 옷을 껴입는 정 노인
이었다.

　청당에는 청노와 홍노, 정 노인, 그리고 운현이 앉아 있었
다. 홍노가 어서 일어나라고 정 노인을 독촉한 반면, 청노는
그저 조용하게 정 노인이 일어나기를 기다리고 있었다.
　성격이 그런 부분도 있고, 가만히 있어도 홍노가 다 알아서
일을 벌일 것임을 알기에.
　식탁에 앉은 네 명은 청노가 미리 준비해 둔 차를 마시고
있었다. 끓였다가 차갑게 식힌 차를 마셔서 그런지 잠이 어느
정도 깨는 기분이었다.
　"어제 하던 얘기를 마저 해봐."
　홍노의 말에 정 노인이 눈살을 찌푸리며 말했다.
　"내가 그들에 대해서 잘 아는 것도 아니고, 나도 자네들의
제자와 여기 있는 운현에게 들은 이야기를 종합한 것일 뿐이
네. 자네 제자들이 알고 있는 것이야 자네들도 다 알고 있을
것이고. 운현에게 들은 말은 그들이 합룡기를 익혔다는 사실
뿐이네."
　"그럼 별다른 이야기는 없는 것이군."
　"그렇지."
　정 노인의 대답에 홍노가 인상을 찌푸렸다.
　"그럼 별것도 없는 것 때문에 잠을 설친 거잖아?"

"문제는 그들의 지금 상황이 아니라 앞으로 우리가 어떻게 해야 하느냐가 문제지. 저들은 합룡기까지 얻었고, 세력도 있네. 하지만 우리는 운현이 합룡기를 익힌다 하여도 세력이 없지."

"심각한 문제로군."

청노의 말에 정 노인이 고개를 끄덕였다. 잠시 침묵이 이어지고 네 명의 차 마시는 소리만 들렸다.

"그럼 오늘부터 당장 수련에 들어가야지. 적룡기가 먼저다."

"청룡기가 먼저다."

다시 시작되는 눈싸움. 하지만 그들도 이제는 지겨운 모양이다.

"이린 싸움은 소모적일 뿐이지. 그렇다면!"

홍노와 청노의 고개가 운현에게로 돌아갔다. 무언가를 갈망하는 눈빛. 말하지 않아도 알 수 있었다.

"하, 하, 하!"

운현이 멋쩍게 웃었다. 어떤 것을 먼저 익혀야 하는가? 적룡기인가, 청룡기인가.

'적룡기를 익히면 홍노 어르신처럼 되고, 청룡기를 익히면 청노 어르신처럼 되는 거 아냐? 둘 다 싫은데……'

어느 한쪽으로 치우친 성격, 그건 운현이 좋아하는 성격이 아니었다.

'둘이 하나로 섞여 있으면 좋겠는데……. 그렇지!'

"저……."

"결정했나?"

"두 개를 한꺼번에 익히면 안 되나요?"

"두 개를 한꺼번에?"

"예."

운현의 말에 청노와 홍노가 서로를 바라보았다. 동시에 익히는 것은 생각해 보지 않은 것이었다.

"위험할 수도 있다."

홍노가 진지하게 말했다. 청룡기와 적룡기는 어찌 보면 상극이라 할 수 있는 기운. 그것을 한꺼번에 익힌다는 것은 굉장히 큰 위험을 동반할 수도 있었다.

"음……."

운현이 망설이는 모습을 보였다. 위험을 무릅쓰고 모험을 하는 데에 망설임이 없을 수는 없다. 그러나 곧,

"해보지요. 그 편이 시간도 단축할 수 있을 것 같습니다."

운현의 확고한 대답. 그에 홍노와 청노가 서로를 바라보았다. 사실 운현에게 위험할 수도 있다고 한 말은 자신들 스스로에게 한 말이었다.

한 번도 시도해 보지 못한 것에 대한 두려움. 오랜 세월을 살아온 청노와 홍노라고 그런 두려움이 왜 없겠는가.

"너… 괜찮겠냐?"

"난 상관없다, 너만 제대로 하면."

홍노의 물음에 청노가 대답했다. 홍노도 그렇고, 청노도 조심스럽기는 하지만 새로운 시도에 대한 약간의 흥분 같은 것이 있는 듯했다.

"좋아. 그럼 우선 식사부터 하고, 이따가 오후부터 시작하도록 하지."

"알겠습니다."

홍노의 말에 운현이 웃으면서 대답했다. 이제 합룡기를 얻기 위한 수련이 시작되었다.

第七章
발판을 만들다

초가인과 유천룡문 무사들 오십 명을 데리고 마교로 돌아
간 곡해성은 곧바로 교주 방일원을 찾아갔다.

곡해성이 사라지고 난 후부터 마교 내의 일이 원활하게 처
리되지 않아 마교의 상황은 거의 최악이었다.

무사들의 기강은 완전히 무너져 있었고, 여러 가지 업무들
이 처리되지 않은 채 쌓여만 있었다. 그런데도 방일원은 전혀
손대지 않고 있었다.

"저, 왔습니다."

"늦었군."

돌아올 것을 알고 있었다는 듯 말하는 방일원. 곡해성은 그

를 바라보았다.

"죽은 걸로 알고 계실 줄 알았습니다."

"죽어? 자네가? 하하하!"

방일원이 말도 안 되는 소리라는 듯 크게 웃었다. 너무나도 호쾌한 웃음소리였다.

"자네가 죽는다는 것은 하늘에 구멍이 나는 일만큼이나 어려운 일이지. 나의 기운을 아무렇지도 않게 받아낼 수 있는 사람이 죽어? 말도 안 되지! 하하하!"

짐작하고 있을 것이라고는 예상했던 바이다. 하지만 그 깊이는 한참 잘못 파악하고 있었다.

"그래, 왜 이리 늦었는가? 일행을 데려왔다고 들었다."

"예. 제가 데리고 온 사람들입니다."

"자네는 누구인가?"

"궁금하십니까?"

"부정을 안 하는군. 마교에 접근한 이유는 뭐지?"

"처음에 말씀드린 것처럼 마교의 중원 일통입니다."

"음……."

방일원이 곡해성을 가만히 바라보았다. 속을 들여다보고자 하는 그의 눈빛. 그가 다시 말을 이었다.

"질문을 바꾸지. 그 다음에는 무엇을 하려 하였나?"

"말씀드리기 곤란하군요."

"말할 수 없는 비밀을 가지고 있다?"

"예. 아실 필요도 없습니다."

곡해성의 말에 방일원은 물끄러미 그를 바라보았다. 예전에는 거짓이라 할지라도 자신을 두려워하고 어려워하는 모습을 보였었다.

그러나 지금은 전혀 아니다. 마음만 먹으면 자신쯤은 언제든지 넘을 수 있다는 자신감이 묻어나고 있었다.

"돌아오지 않은 기간 동안 기연이라도 얻었는가? 그 오만불손(傲慢不遜)하고 방자한 태도. 거기다가 근거를 알 수 없는 자신감까지. 예전의 자네가 아니군."

"지금의 이 모습이 저의 본모습입니다. 과거의 모습이 제가 아니었던 것이지요."

곡해성의 눈빛과 방일원의 눈빛이 허공에서 부딪쳤다. 한 치의 양보도 없는 눈싸움. 예전에는 생각할 수조차 없는 일이었다.

"알 수 없는 일이군. 일단 가서 쉬거라. 다음에 다시 묻겠다."

"그렇게 하지요."

곡해성이 몸을 돌렸다. 몸을 돌린 그의 입가에는 조소가 어려 있었다.

"마각."

스슷!

"예."

교주의 부름에 마각이라는 자가 갑자기 나타났다. 그리고
는 방일원의 앞에 부복해 있었다.

"혈마단을 집결시켜라."

"알겠습니다."

스슷!

나타날 때처럼 갑자기 사라지는 마각. 방일원의 눈빛이 차
갑게 빛나고 있었다.

육천룡문 무사들에게 거처를 마련해 주고 그들을 쉬게 한
곡해성은 초가인과 함께 이야기를 나누고 있었다. 둘의 표정
이 좋지 않은 것으로 보아 심각한 내용인 것 같았다.

"조만간 교주가 나를 노리고 일을 벌일 것이다."

"왜요? 이곳에는 오라버니가 없으면 안 되지 않나요?"

"그러니까 죽이려 들지는 않을 것이다. 대신 무력행사를
하여 나를 자신의 밑에 두겠다는 속셈이겠지."

"과연 할 수 있을까요?"

"어렵지."

"어떻게 하실 생각이세요?"

"본때를 보여줘야 하지 않겠어? 확실한 힘의 차이를 보여
주는 거다. 이참에 마교를 장악하고, 마교를 육천룡문의 중원
진출의 기점으로 잡는 거야."

"좋은 생각이네요."

초가인의 말에 곡해성이 고개를 끄덕였다.

"그런데… 무슨 근심이 있는 것이냐?"

곡해성이 초가인의 표정을 살피며 물었다. 그러자 초가인은 고개를 저을 뿐 다른 말을 하지는 않았다.

"흑살의 일 때문에 그러느냐?"

끄덕.

곡해성의 생각이 맞았다. 항상 복수는 자신의 손으로 하겠다고 입버릇처럼 말하던 그녀였기에 이번 살행에 흑살이 실패하기를 간절히 바라고 있었다.

"조금만 기다려 봐라. 조만간 흑살에서 연락이 올 것이다. 성공했든 실패했든."

"알겠어요."

"그래, 가서 쉬이리."

"오라버니."

"응?"

자리에서 일어나려던 곡해성은 초가인의 말에 다시 자리에 앉았다.

"오라버니가 생각하시기에 이번 흑살의 임무는 성공일까요, 실패일까요?"

곡해성은 그녀를 바라보았다. 흑살이 임무에서 실패했기를 간절히 바라는 그녀의 마음이 얼굴에 그대로 드러나 있었다.

“잘 모르겠구나. 어떻게 되었을지.”

초가인의 얼굴이 굳어졌다. 이에 곡해성은 자리에서 일어났다. 초가인에게는 미안한 일이지만, 곡해성은 흑살이 이번 임무에 성공했기를 바라고 있었다.

‘복수도 중요하지만 일단은 대업이 먼저다. 미안하다.’

“그만 가서 쉴게요. 쉬세요.”

“그래.”

초가인은 일어나 곡해성의 거처에서 나왔다. 그리고 곡해성은 자신의 업무 책상에 앉아 잠시 눈을 감았다.

그날 밤은 아무런 일도 없었다. 마지막으로 편하게 쉬게 하려는 생각이었다.

마교 내에서 교주만이 아는 비밀 공간. 하지만 지금 그곳엔 교주만 있는 것이 아니었다.

교주 직속 부대 혈마단(血魔團).

오로지 교주의 명만 들으며, 교주 이외에는 그 존재 자체를 모르는 부대였다.

그 인원은 정예 백여 명. 중원 그 어느 문파에 가도 이 정도 인원에 이 정도 무위를 가진 부대는 없을 것이었다.

오귀문 정도는 아니지만 장로 급 고수 서른 명과 일급 고수 서른 명, 이급 고수 마흔 명으로 이루어진 정예였다.

이 정도 전력을 정파와의 싸움에 투입했다면 싸움은 조금 더 싱겁게 끝났을 수도 있었다.

하지만 방일원이 곡해성에 대한 의심을 계속 가지고 있었기에 혈마단의 존재를 밝힐 수가 없었다. 그 결과 지금 이 꼴이 된 상황이고.

"지금부터 나와 너희는 곡해성을 치러 간다. 더불어 그와 함께 온 오십 명 역시 척살한다. 알겠나?"

"존명!"

백여 명의 목소리가 비밀 공간 안에서 쩌렁쩌렁 울렸다. 절도있고 각이 잡혀 있는 모습이었다.

게다가 정예들이기에 그들의 몸에서 뿜어져 나오는 기도 역시 굉장히 뛰어났다.

"단기간에 처리해야 한다. 아, 곡해성은 내가 처리한다."

"존명!"

"가자."

방일원이 앞장섰고, 그 뒤를 백여 명의 혈마단 무사들이 따랐다.

다다다다!

말 달리는 소리가 아니다. 백 명에 달하는 인원이 달리는 소리가 지축을 흔드는 것이었다.

교주인 방일원을 위시한 혈마단 백 명의 무사가 곡해성과 육천룡문 무사들을 상대하기 위해 달려가고 있는 것이다.

반면 교주와 함께 오고 있는 무사들을 그냥 일반 마교 무사로 생각하고 있는 곡해성은 느긋하게 자신의 거처에서 교주가 오기만을 기다리고 있었다.

굉장히 쉽게 생각하는 그였다.

"보인다."

교주의 말에 혈마단 단원들은 정면을 응시했다. 멀리 보이는 곡해성의 거처. 그리고 그 앞에는 열 명 정도 되어 보이는 무사들이 경계를 서고 있었다.

"고작 열 명? 우리를 너무 약하게 봤군. 마각."

"예."

"상대해 주고 와라."

"예. 열 명만 나를 따라라!"

마각의 말에 바로 뒤에 있던 열 명이 곧바로 그의 뒤를 따라 앞쪽으로 내달렸다.

"온다!"

육천룡문 무사들 중 한 명이 소리쳤다. 그에 나머지 아홉 명의 무사도 긴장하며 자신들을 향해 달려오는 적들을 바라보았다.

스오오!

육천룡문 무사들의 몸에서 스멀스멀 흘러나오는 막강한 기운. 기선 제압을 하기 위함이었다.

멈칫!

생각보다 강한 기도에 마각과 혈마단원 열 명은 순간 멈칫했지만, 속도만 조금 줄었을 뿐 계속해서 앞으로 나가고 있었다.

"애송이들이 생각보다 좀 센 것 같다. 조심하도록."

"예!"

그들의 기도에 정신 무장을 다시 한 마각과 단원들은 다시 속도를 높여 그들에게 다가갔다.

"죽여!"

누군가의 외침이 시발점이 되어 두 세력이 부딪쳤다. 어느 한쪽으로 조금의 밀림도 없이 완벽한 동수를 이루고 있었다.

"잔챙이들은 아니란 말인가? 모두 쓸어버려라!"

"예!"

교주의 명에 나머지 구십 명의 혈마단원이 싸움에 가담했다. 그러자 소리를 듣고 뛰어나온 육천룡문의 무사들 사십 명이 더 합세했다.

총 백오십 명의 충돌. 생각보다 꽤 거대한 충돌이었다.

다탁!

방일원은 그곳을 지나 곧바로 곡해성이 있는 곳으로 들어갔다. 계단을 올라 그의 방문을 박차고 들어가려는 순간!

쐐에엑!

"흐엇!"

순식간에 날아든 공격에 방일원은 헛바람을 들이키며 피

해내었다. 기습을 한 것은 한 자루의 검. 그리고 그 검을 잡고 있는 사람은 초가인이었다.

"실패했네."

중얼거리는 초가인.

"그 정도는 성공했어야지."

"그러게요."

초가인과 곡해성의 대화다. 방일원은 무시당했다는 생각에 치밀어 오르는 화로 인해 얼굴이 빨갛게 달아올랐다.

"이 연놈들이 쌍으로 죽으려고 발악을 하는구나!"

고오오오!

"물러서라!"

곡해성의 말에 초가인이 재빨리 뒤쪽으로 몸을 날렸다. 하지만 그녀를 놓아줄 만큼 방일원은 선한 인물이 못 되었다.

"하압!"

딱 보기에도 위력적인 그의 쌍장이 초가인을 향해 날아갔다.

"어딜!"

초가인에게 쌍장이 맞기 직전, 곡해성이 그 앞을 막아섰다. 그리고는 내력을 끌어올려 방일원의 장을 받아내었다.

"역시!"

방일원이 감탄을 하며 곡해성을 바라보았다. 전력은 아니었지만 육성의 공력을 담은 공격이었기에 그것을 쉽게 막아낸 곡해성을 대단하게 본 것이다.

"이렇게 좁아터진 곳에서 싸울 것입니까? 이대로라면 건물이 무너지기 십상이겠군요."

"그렇겠지? 나가지."

방일원이 건물 밖으로 몸을 날렸다. 곡해성의 방은 삼층. 하지만 방일원 정도의 고수에게 삼층 정도의 높이는 그저 책상 위에서 뛰어내리는 것처럼 간단한 일이었다.

타앗!

"오라버니!"

곡해성 역시 방일원의 뒤를 따라 창밖으로 뛰어내렸다. 창밖에서는 육천룡문의 무사들과 혈마단원들이 혈투를 벌이고 있었다.

"그냥 무사들이 아니군요. 제 수하들과 이 정도 호각이라니."

곡해성의 말에 방일원이 미소를 지었다.

"혈마단. 교주의 직속 부대지. 마교의 정예라고 할 수 있다."

"정예? 하하하!"

곡해성이 크게 웃었다. 그러자 방일원이 인상을 찌푸리며 곡해성을 바라보았다.

"그런 정예가 오십 명의 무사를 못 이기고 쩔쩔매나? 하하하!"

곡해성의 말에 방일원은 고개를 옆으로 돌렸다. 아직도 많은 인원이 싸우고 있는 상황. 방일원은 그들을 자세히 바라보았다.

"……!"

그리고 그 순간 방일원의 눈이 부릅떠졌다. 오십 명 정도가 줄어든 상황. 하지만 바닥에 누워 있는 시체는 전부 혈마단의 것이지 육천룡문 무사의 시체는 한 구도 보이지 않았다.

"이제 좀 알겠습니까?"

곡해성의 말에 방일원이 얼굴을 사납게 구겼다.

"이제 보니 호랑이를 내 손에 넣고 주무른다고 잘못 생각하고 있었군. 죽이지는 않으려 했건만, 죽여야겠어."

방일원의 몸에서 무시무시한 기운과 함께 그것만으로도 사람을 죽일 것 같은 살기가 폭사되었다.

"죽여? 죽지 않으면 다행으로 생각하십시오."

곡해성의 몸에서도 날카로운 기운이 흘러나오기 시작했다. 방일원의 기운이 거대한 압박을 주는 느낌이라면, 곡해성의 기운은 송곳처럼 뾰족한 느낌을 주는 기운이었다.

"이 새끼……."

방일원이 얼굴을 야차처럼 일그러뜨리며 욕을 내뱉었다. 하지만 곡해성은 시종일관 여유로운 표정으로 방일원을 응시하고 있었다.

방일원과 곡해성의 싸움, 교주와 군사의 싸움이다. 물론 곁에서 보기에는. 이야기만 들었다면 사람들은 백이면 백, 전부 방일원의 승리를 장담할 것이다.

하지만 둘이 싸우고 있는 지금의 상황을 사람들이 직접 본다면 뭐라 할까? 어떤 표정을 지을까?

아마도 다들 아무런 말도 하지 못할 것이다. 너무 놀라 입이 벌어졌을 테니.

그 정도로 둘의 싸움은 치열했다.

교주 방일원이 익힌 혈천제마강(血天帝魔罡)은 전대 교주가 사용하던 무공이다. 과거에도 그 적수를 찾아보기 어려울 정도로 패도적인 강력한 무공이었고, 지금도 마찬가지로 그 적수를 찾아보기 어려웠다.

운현이라고 이길 수 있을까?

그것을 장담하지 못할 정도로 혈천제마강은 강력한 것이었다.

그런 혈천제마강을 맞아 곡해성은 호각을 이루고 있었다. 상황만 놓고 본다면.

하지만 그의 표정을 보면 절대로 호각이 아니었다. 방일원의 우세? 그 반대였다. 곡해성의 표정은 여유롭기 그지없었으나 방일원의 표정은 딱딱하게 굳어 있었다.

'네놈! 정체가 무엇이냐!'

방일원은 이를 악물며 속으로 외쳤다. 혈천제마강을 이 정도로 상대하는 사람이 나올 것이라고는 생각하지 못했다.

그렇기에 마교가 지금 이 상황이 되었어도 방일원은 자신이 있었다.

비록 백 명이지만 그 어떤 전력보다 강하다 자부하는 혈마단과 남은 마교도들만으로도 지금의 정파는 손쉽게 무너뜨릴 수 있다고 생각하던 그였다.

거기에 곡해성의 머리만 더해진다면 승리는 필승(必勝)으로 바뀔 수 있었다.

그런데 지금 이 상황은 무엇이란 말인가!

방일원을 당황스럽게 만들기 딱 좋았다. 자신의 힘으로 곡해성을 무릎 꿇려 마교의 중흥을 꾀하려고 했던 그의 계획이 어긋나고 있었다.

'이대로 어긋나게 둘 성싶으냐!'

"하압!"

붉은색으로 물든 그의 수강이 곡해성의 가슴으로 파고들었다. 살려둔다? 이제는 그럴 수가 없었다.

상대의 실력이 자신과 호각이거나 뛰어나다는 것을 안 이상 죽을 각오를 하지 않고 덤볐다가는 오히려 자신이 죽을 수도 있었다.

깡!

손과 손이 부딪쳤다. 방일원의 붉은 손과 곡해성의 백색으로 빛나는 손. 붉은색과 하얀색이 부딪쳐 아름다운 빛깔을 만

들어내었다.

깡! 까앙!

한 번의 부딪침으로 끝난 것이 아니다. 계속되는 공격과 방어, 그리고 반격.

둘의 손을 쉴 새 없이 부딪쳤고, 그때마다 요란한 쇳소리를 내며 허공에 아름다운 선을 그려내었다.

시간이 흘렀다.

한 시진. 더도 말고 덜도 말고 딱 한 시진이 흘렀다. 그런데 상황은 굉장히 많이 바뀌어 있었다.

일단 혈마단과 육천룡문 무사들의 상황. 서 있는 사람들 중 서른 명이 조금 넘는 인원은 육천룡문의 무사들이었고, 스무 명 정도의 인원은 혈마단이었다.

두 배의 인원이 달려들어 지금은 역전된 상황이 되어버린 것이다.

어느 단체에 속해 있는 사람들은 그 수장을 닮기 때문일까?

이 두 세력의 싸움은 그들을 이끄는 수장들의 싸움 결과와 똑같았다.

처음에는 막강한 힘으로 곡해성에게 부딪쳐 가던 방일원. 하지만 지금은 곡해성의 공세를 막기에 급급한 상황이 되었다.

그의 몸을 타고 흐르는 피.

그 누가 상상이나 했겠는가. 천하의 마교 교주 방일원이 이렇게 피를 흘리며 몰리는 상황을.

"큭!"

손과 손의 격돌에서 처음 몇 수 정도는 호각을 이루는 듯 보였다. 하지만 그것도 몇 수에 그쳤을 뿐, 그 이후에는 방일원이 점차 밀렸다.

촤악!

"크윽!"

빠르게 날아오는 곡해성의 손을 피한다고 몸을 틀었지만 그것은 생각보다 더 큰 피해를 가져왔다.

털썩!

바닥에 떨어지는 거대한 덩어리. 그리고 바닥으로 쏟아지는 엄청난 양의 피.

식은땀을 뻘뻘 흘리면서 왼팔을 붙잡고 있는 방일원. 그의 왼팔은 어깨에서 두 치 정도를 남기고 그 밑으로는 아무것도 없었다.

"이런, 이런."

곡해성이 진심으로 걱정하는 듯한 표정을 지으면서 방일원을 바라보았다.

"그런 가식적인 표정과 말은 집어치워!"

"가식이라니, 당치도 않습니다. 한쪽 팔이 없으면 제 실력의 반도 못 낼 것 아닙니까?"

"웃기지 마라!"

탁! 탁!

재빨리 혈도를 짚어 임시방편으로 지혈을 한 방일원은 남은 오른손에 기를 모았다.

쉬이익!

아직 자신이 멀쩡하다는 것을 보여주기라도 하려는 듯 빠르고 강한 공격을 하는 방일원.

하지만 멀쩡할 때보다 위력이 떨어지는 것은 어쩔 수 없었다.

팔이 잘린 것이 가벼운 부상도 아니고, 움직일 때마다 전해지는 통증이 장난이 아니었다. 범인(凡人)이었다면 벌써 정신을 잃고도 남았을 정도의 고통이었다.

그럼에도 이를 악물고 곡해성을 상대하려는 정신은 실로 대단하다 할 수 있었다.

쉭! 휙!

방일원의 공격이 계속해서 허공을 갈랐다. 곡해성은 더 이상 반격을 하지 않겠다는 듯 계속 피하기만 했다.

"피하기는 잘도 피하는구나! 헉! 헉!"

방일원이 힘든 듯 어깨로 숨을 쉬었다. 지혈을 하기는 했지만 아직도 피는 조금씩 흘러나오고 있었고, 온몸은 곧 쓰러질 것처럼 땀이 나고 있었다.

"이제 슬슬⋯⋯."

슥!

곡해성이 손을 들어 올렸다. 끝내겠다는 의미였다.

혈마단은 이제 해체되었다. 남아 있는 사람은 단주인 마각을 포함하여 모두 다섯 명. 반면 육천룡문의 무사들은 아직도 스무 명 이상이 남은 상황이었다.

사락.

마치 가볍게 낙엽을 밟는 것 같은 소리와 함께 곡해성의 신형이 사라졌다.

순식간에 사라진 곡해성의 모습에 방일원은 눈을 크게 떴고, 다음 순간 곡해성이 자신의 뒤에 서 있음을 알 수 있었다.

'어떻게!'

눈 깜짝할 사이에 뒤를 잡혀 버린 방일원. 곡해성의 숨겨진 실력이 이 정도일 것이라고는 생각하지 못하고 있었다.

"아직은 죽을 때가 아니니……."

퍽!

풀썩.

곡해성이 당수로 방일원의 뒷덜미를 강하게 내려쳤다. 그에 방일원은 정신을 잃고 그대로 바닥에 주저앉았다.

"어서 끝내라!"

방일원은 기절시킨 곡해성이 육천룡문의 무사들에게 소리쳤다. 그리고는 바닥에 정신을 잃고 주저앉아 있는 방일원을 바라보며 중얼거렸다.

"운현보다 약하군."

그리고는 다시금 남은 혈마단을 처리하는 육천룡문 무사
들 쪽으로 고개를 돌렸다.

똑! 똑!
물방울 떨어지는 소리. 동굴 안인가?
방일원은 멀쩡한 한쪽 팔은 벽에 묶이고, 두 다리는 바닥에
묶인 채 정신을 잃고 있었다.
그의 바로 옆은 천장에서 떨어지는 물방울에 의해서 옴폭
파여 있었다.
"음……."
방일원의 입에서 신음 소리가 나왔다. 정신을 차리는 모양
이었다.
'이곳… 은?
완전히는 아니지만 간신히 정신을 차린 방일원은 자신이
어디에 있는지 알 수 없었다. 마교 안? 그렇다고 하기에는 너
무나 낯선 곳이었다.
"큭!"
통증. 잘린 부위에서 엄청난 통증이 느껴졌다. 살짝 몸을
흔들었을 뿐인 데도 정신을 잃을 정도의 통증이었다.
방일원은 힘겹게 고개를 돌려 팔을 바라보았다.
감겨져 있는 붕대. 간략하게나마 치료를 한 모양이었다.
'도대체 왜?

이해할 수가 없었다. 정신을 잃기 직전에 들었던 아직은 죽을 때가 아니라는 곡해성의 말. 알 수 없었다.

철렁철렁!

다리와 팔에 채워진 족쇄, 그리고 쇠사슬. 자신을 가둬둔 모양이었다.

"하아! 하아!"

갈증에 목이 탔다. 곡해성은 자신의 옆에 한 방울씩 떨어지고 있는 물방울에 혀를 가져다 대었다.

입 안으로 흘러들어 가는 몇 방울의 물. 조금은 갈증이 풀리는 것 같은 느낌이 들었다.

터벅터벅.

발걸음 소리. 방일원은 소리가 나는 쪽으로 고개를 돌려 보니 사람이 다가오고 있었다.

"역시… 마교는 참으로 대단한 곳이야. 이런 곳도 있고."

"이놈!"

발걸음 소리의 주인공은 곡해성이었다. 자신의 앞에 모습을 드러낸 곡해성을 보고 방일원은 다시금 흥분하여 소리쳤다.

"나를 어쩔 셈이냐!"

"어쩔 셈이냐고? 죽이지는 않을 것이니 걱정 마십시오."

"차라리 죽여라!"

"아, 아! 흥분을 가라앉히십시오. 상처가 덧납니다."

곡해성이 고개를 저으며 말했다. 차분한 그의 표정과 말투에 방일원은 더욱더 화가 나는 것 같았다.

"내가 당신이 예뻐서 살려둔 것으로 생각하나?"

갑자기 곡해성의 말투가 바뀌었다. 하대. 그것은 하대였다.

"뭐, 뭐!"

너무 당황하여 말까지 더듬는 방일원. 곡해성의 표정은 아까와 달리 굳어 있었다.

"지금 누가 강자고 누가 약자인지 잊은 것은 아니겠지?"

부들부들.

너무 분하여 말도 못하는 방일원. 그런 방일원의 모습에는 아랑곳없이 곡해성이 다시 입을 열었다.

"네놈은 아직 쓸모가 있다. 그러니 죽으면 안 돼."

"쓸모? 나를 어찌할 셈이냐!"

"그걸 말해줘야 할까? 어차피 나중에 가면 알지도 못할 것."

"서, 설마!"

방일원의 눈이 부릅떠졌다. 알지도 못할 것. 방일원의 머리에 스쳐 지나가는 하나의 무언가가 있었다.

"이런, 이런. 너무 빨리 알아버렸군. 좀 자라."

스륵.

철렁!

곡해성이 순식간에 방일원의 수혈을 짚었고, 방일원의 몸은 그대로 축 늘어졌다.

"대법은 이틀 후에 시작할 것이다. 정신을 차리거든 입에

재갈을 물려 데려와라!"

"예!"

육천룡문에서 데려온 두 무사 중 한 명이 곡해성의 말에 대답했다. 방일원을 잡아들이고, 마교를 곡해성이 완전히 장악한 듯 보였다.

장로들이야 말로도 잘 구워삶을 수 있고, 딴죽을 걸면 조용히 불러서 처리하면 되는 것이기 때문이었다.

이제 남은 것은 방일원의 처리뿐.

하지만 죽여서는 안 된다. 대외적으로 내세울 사람이 필요하기에 아직 방일원은 죽어서는 안 된다.

곡해성이 몸을 돌렸다. 그리고는 어딘지 알 수 없는 이곳을 벗어났다.

어두운 석실 안. 양쪽 벽에 붙어 있는, 그다지 밝지 않은 횃불만이 이 석실을 밝히는 유일한 것이었다.

그 가운데에 침상 같은 것이 하나 있었고, 그 옆에는 무수히 많은 침들이 있었다.

무엇을 하는 곳일까?

침이 있는 것을 보니 환자를 치료하는 곳인 것 같기도 했다. 하지만 석실 안에서 느껴지는 음산한 분위기는 결코 환자를 치료하기에 좋은 분위기가 아니었다.

이런 곳에서라면 환자가 치료되기는커녕 더욱더 악화되어

서 나갈 것 같다.

드르륵.

석실의 문이 열리고 곡해성이 들어섰다. 이런 곳에서 무엇을 하려는 것일까?

"데려와라!"

곡해성의 말에 두 사내가 방일원을 데리고 들어왔다. 아직까지도 비몽사몽한 방일원이다.

"눕혀라."

곡해성의 명령에 방일원은 두 사내에 의해 침상에 눕혀졌다. 방일원을 침상에 눕힌 두 사내는 곡해성에게 인사를 하고는 석실을 나섰다.

드르륵! 쾅!

다시 닫히는 석실의 문. 그리고 곡해성은 침상에 누워 있는 방일원을 바라보았다.

"뭐… 것… 냐……."

방일원의 입에서 알아듣기 어려울 정도로 작은 목소리가 들려왔다. 하지만 그것에 신경 쓰지 않고 신중하게 침을 골라 드는 곡해성이다.

"마지막으로 할 말은?"

'마지막?'

마지막이라는 곡해성의 말에 조금 크게 눈을 뜨는 방일원이다. 하지만 여전히 잘 떠지지 않는 그의 눈.

"역시 내공이 강해서인가? 미혼향을 좀 썼다. 그런데도 아직까지 이 정도의 의식을 유지하다니, 대단해."

곡해성의 말에 방일원은 자신의 상태에 대한 원인을 알 수 있었다.

"그리고 마지막이라는 말은 죽이겠다는 말이 아니야. 당신도 알잖아? 내가 녹림의 채주들에게 시술했던 대법."

무공의 엄청난 증진을 가져오는 대신 이지를 상실하게 만드는 대법.

곡해성은 지금 방일원에게 그것을 시도하려는 것이었다.

"당신 정도의 실력을 가진 사람에게 대법을 시술하면 엄청난 괴물이 탄생하겠지. 우리의 대업에 큰 보탬이 될 것이야."

"끄으! 으으으!"

방일원이 자리를 박차고 일어서려 했다. 하지만 정신이 온전치 못한 상황에서 말도 제대로 안 나오고 있었고, 몸 또한 잘 따라주지 않고 있었다.

"가만히 있어. 그렇게 보채지 않아도 금방 끝내줄 테니까."

잘못 해석한 것일까, 아니면 일부러 그러는 것일까? 곡해성의 말에 방일원은 더욱더 발광하기 시작했다.

"그것참, 사람 귀찮게 구네!"

탁!

참다못한 곡해성이 방일원의 마혈을 짚었다. 그러자 방일원은 다시 잠잠해졌다.

"자, 그럼 시작해 볼까?"

씨익.

사악한 미소를 지으며 방일원을 내려다보는 곡해성. 그의 미소에 좌절감을 느끼는 방일원이다.

꼬박 하루가 걸렸다.

채주들의 경우에는 그 경지가 높지 않아 그렇게 많은 힘이 필요없었지만 방일원의 경우에는 달랐다.

그가 익힌 혈천제마강은 상승의 무공. 그만큼 반발력 역시 뛰어났다.

침을 꽂을 때마다 혈천제마강은 강한 반발을 보였고, 이따금씩 방일원의 몸이 흔들거릴 정도였다. 그런 혈천제마강의 격렬한 저항에 방일원은 이미 정신을 잃은 상황이었다.

"젠장! 정말 탐나는 무공이군!"

격렬한 저항이 이어질 때마다 곡해성은 악을 쓰며 겨우겨우 침을 꽂았고, 결국 반나절의 시간이 지나서야 혈천제마강을 무릎 꿇릴 수 있었다.

그리고 나머지 반나절 동안의 대법.

전심전력을 기울이지 않으면 성공할 수 없는 대법이었다. 특히나 방일원같이 정신력과 무공이 강한 사람에게 펼칠 때에는 더욱더.

그렇게 꼬박 하루가 걸려서야 곡해성은 대법을 마무리 지을 수 있었다.

드르륵.

"수고하셨어요."

석실로 초가인이 들어섰다. 그녀의 손에는 땀을 닦을 천이 하나 들려 있었다.

"고맙다."

곡해성이 천을 받아 들며 그녀에게 미소를 지었다.

"그런데 유난히 표정이 밝아 보이는구나."

"그래요?"

곡해성의 말처럼 그녀의 표정은 어제와는 사뭇 달랐다. 뭔가 기쁜 일이 있는 모양이었다.

"일단은 나와서 좀 씻으세요. 땀 냄새가 심하네요."

"그러냐?"

초가인의 말에 곡해성이 인상을 찌푸리며 자신의 몸에 코를 킁킁댔다. 코를 찌르는 땀 냄새가 확실히 심하긴 했다.

"알았다. 곧 가마."

곡해성의 말에 고개를 끄덕인 초가인이 석실을 나섰다.

"흑살이… 실패한 모양이군."

초가인이 기뻐할 일이라면 그것 하나뿐이었다. 흑살의 실패. 그녀가 그토록 고대하던 일이었다.

“어서 일어나라. 좀 써먹어야겠다.”
곡해성이 침상에 누워 있는 방일원을 바라보며 중얼거렸
다.

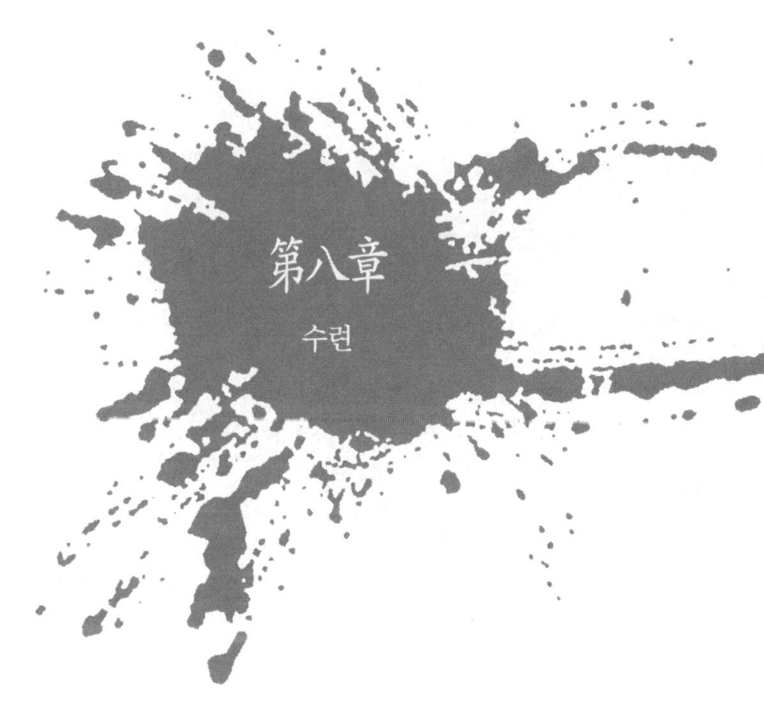

第八章
수련

황룡기를 익힐 때에도 그랬지만, 청룡기와 저룡기를 익히
는 것 역시도 명상과 운기 위주로 이루어졌다.

이른 새벽과 늦은 밤, 즉 음기가 많을 때에는 청룡기 수련
을 하고, 태양이 뜨거운 낮 시간 즉, 양기가 많을 때에는 적룡
기를 수련하는 운현이었다.

이것은 청노와 홍노가 각각 정해준 수련 방식으로, 운현이
생각하기에도 굉장히 효과가 있을 것 같았다.

정미현은 정 노인과 만났기 때문인지 하루하루가 예전보
다 더 활기차 보였다.

웃는 모습도 더 자주 볼 수 있었고, 어떤 일을 하든 굉장히

즐겁게 임하는 모습을 볼 수 있었다.

특히나 운현에게 배운 초식을 정 노인에게 자랑스레 보여주며 손녀딸 노릇을 톡톡히 하고 있었다.

정 노인 역시 정미현과 오랜 친우들을 만나 즐거운 한때를 보내었다.

반면 악규영과 갈염천은 울상이었다.

물론 예전에도 그랬지만 그들이 돌아오고 나서부터 홍노와 청노는 집안일을 아예 하지 않았다.

그들이 중원에 나갔을 때에야 어쩔 수 없었지만 그들이 돌아온 지금은 할 필요가 없다는 것이었다. 게다가 오랜만에 친우가 왔는데 자신들이 대접하지 않으면 누가 하겠느냐는 것이 그들의 말이었다.

그것까지는 그렇다 쳐도 악규영과 갈염천이 울상인 것은 단순하게 그들이 해야 할 일이 늘어났기 때문이다.

"쳇! 왜 우리 둘만 해야 하는 거야!"

갈염천은 툴툴거리며 설거지를 하고 있었는데, 그의 입은 한 치 가까이 튀어나와 있는 듯했다.

"그럼 누가 하냐? 우리 둘이 해야지."

그나마 악규영은 담담하게 받아들이는 편이었다.

"하지만 정 소저는……!"

"저는 뭐요?"

"흐익!"

‘정 소저는 왜 안 하느냐!’ 라는 말을 하려던 갈염천은 갑자기 들려온 정미현의 목소리에 기겁하며 뒤를 돌아보았다.

그 자리에는 정미현이 웃는 얼굴로 서 있었다.

“저 뭐요?”

“아, 아무것도 아닙니다!”

얼굴을 붉히며 황급히 대답하는 갈염천. 그의 옆에서 악규영이 고개를 설레설레 저었다.

“죄송해요. 저희들 때문에 일이 많아졌죠? 저라도 도와드려야 하는데…….”

정미현이 악규영과 갈염천 주변에 있는 많은 양의 식기들을 보면서 미안한 표정을 지었다.

“아닙니다! 괜찮습니다!”

갈염천의 말에 정미현이 다시금 미소를 지어 보였다. 한순간에 마음속의 불평불만이 싹 사라지는 갈염천이었다.

“운현은 아직도 위에 있나요?”

“네. 오늘은 좀 늦는군요.”

악규영의 말에 정미현은 한쪽에 나 있는 작은 오솔길을 바라보았다. 조금 더 높은 곳으로 올라가는 작은 길이었다.

“그럼, 수고하세요!”

오솔길을 따라 발걸음을 옮기면서 악규영과 갈염천에게 인사하는 그녀. 갈염천은 황홀한 표정으로 다시금 설거지에 임했다.

“침 닦아라.”

“습!”

흘러내린 침을 빨아들이며 손으로 한 번 슥 닦는 갈염천이었다.

운현은 눈을 떴다.

오늘로 닷새째. 하지만 아직까지 적룡기도, 청룡기도 느껴지지 않았다.

“운현!”

“아, 정 소저!”

운현이 오솔길을 따라 올라오는 정미현을 바라보았다.

“오늘은 어때요?”

정미현의 말에 운현은 고개를 저었다.

“황룡기를 익혔던 경험이 있어서 쉽게 될 줄 알았는데, 쉽지가 않네요.”

“그렇군요… 너무 조급하게 생각하지 말아요.”

“그럼요. 황룡기를 익혔을 때에 비하면 지금은 훨씬 나은 거예요. 구결 자체에 어려운 것도 없고.”

“그래요. 머지않아 뭔가 반응이 오겠죠.”

“저도 그렇게 생각해요.”

꼬르르르륵!

정미현과 운현의 시선이 한쪽으로 쏠렸다. 정미현은 운현의 배를 보고 있었고, 운현 역시 자신의 배를 내려다보았다.

괴소리의 정체는 밥 달라고 아우성치는 운현의 배에서 나는 소리였다.

"훗!"

"하하하!"

운현과 정미현이 웃음을 터뜨렸다.

"가요. 밥 먹어야죠."

"그래요. 다들 먹었죠?"

"그럼요."

양기가 가장 충만한 시간이 오시(午時)경이고, 그때 사람들은 밥을 먹었다. 그 시간에 수련을 하는 운현으로서는 항상 밥 때를 놓칠 수밖에 없다.

그래서 오늘은 정미현이 이렇게 운현을 데리러 올라온 것이었다.

"자, 가요."

자리에서 일어난 운현은 정미현과 나란히 오솔길을 걸어 내려갔다.

"그래, 진전은 좀 있느냐?"

"아직입니다."

"느려, 느려! 그렇게 느려서 어이할꼬!"

누가 적룡기 익힌 사람 아니랄까 봐 성격도 불같으면서 급하다. 닷새 만에 적룡기를 익히라고 하다니.

"할아버지!"

이제는 홍노와 청노에게도 할아버지라고 부르는 정미현이다.

"왜 그러느냐?"

"밥 먹다가 체하겠어요! 좀 나중에 얘기하면 안 돼요? 그리고 이제 고작 닷새밖에 안 됐다고요!"

"알았다. 알았으니까 이제 소리는 그만 지르려무나."

정미현에게는 함부로 못하는 홍노다. 이렇게 남자들만 득실대는 곳에 손녀딸 같은 어여쁜 정미현이 홀로 있는데 어찌 막 대할까?

"정 소저……."

운현이 어쩔 줄 몰라 하는 표정으로 정미현을 불렀다. 하지만 정미현은 아직도 아미를 찡그린 채로 홍노를 바라보고 있었다.

"또 닦달하고 있었나 보군."

잠시 밖에 나갔던 청노가 집 안으로 들어서며 말했다. 홍노에게 정미현이 그런 표정을 지을 때는 운현에게 닦달할 때 외에는 없었다.

"끙!"

홍노는 청노에게 이런 모습을 보여주는 것이 너무 싫었다. 어지간하면 속에 있는 마음을 겉으로 표현하지 않는 청노이

지만 속으로는 자신을 엄청 비웃고 있을 것 같았기 때문이
다.

"비웃었지?"

"무슨 소리냐?"

"방금 속으로 비웃었지?"

"이제 관심법(觀心法)도 하나?"

"비웃었구나!"

"마음대로 생각해라."

"감히 날 비웃다니!"

"할아버지!"

괜히 지레짐작하며 흥분하는 홍노에게 정미현이 다시 한
번 소리를 질렀다. 그에 홍노가 다시 입을 다물었다.

"알았다. 조용히 있으마."

하지만 정미현의 얼굴은 펴질 생각을 하지 않았다. 여전히
찡그려져 있는 그녀의 표정. 이번에는 정말로 화가 난 것 같
은 표정이었다.

"쌤통이다."

청노의 짧은 한마디. 속이 부글부글 끓는 홍노였다.

식사가 끝나고 운현은 청노와 홍노에게 물을 것이 있다면
서 면담을 요청했다. 그에 지금 운현은 청노, 홍노와 함께 식
탁 앞에 앉아 있었다.

“그래, 무슨 일인 게냐?”

“수련 때문에 그렇습니다.”

“그래? 그거라면 우리가 크게 해줄 말이 없을 텐데?”

“그래도 두 분이 익히실 때의 이야기를 좀 들으면 도움이 좀 될 것 같아서 말입니다.”

“음…….”

홍노와 청노는 서로를 바라보았다. 자신들이 익힐 때의 이야기?

“그런 것이라면 나보다는 제자 녀석들을 찾아가 보는 것이 어떻겠느냐?”

“악 형과 갈 동생을 말입니까?”

“그래. 그 녀석들이 우리보다는 조금 더 너에게 맞는 조언을 해줄 수 있지 않겠느냐?”

“그럴 수도 있겠군요. 알겠습니다.”

“그래.”

운현은 바로 자리에서 일어났다. 할 거면 빨리하는 편이 좋았다.

“아, 한 가지만 얘기해 주마.”

“네?”

홍노의 말에 집을 나서려던 운현이 다시 몸을 돌렸다.

“간단하게 생각해라. 그냥 적룡기는 중원에서 말하는 양기로, 청룡기는 음기로 생각해라. 그 편이 쉬워.”

"하지만 실제로는 다르지 않습니까?"

"다르지. 하지만 불같고 급하며 폭발적인 성격을 가진 적룡기는 양(陽), 또는 화(火)의 기운과 차분하고 냉정하며 날카로운 기운을 가진 청룡기는 음(陰), 또는 수(水)의 기운과 유사하다. 그 점을 명심해라."

"알겠습니다. 감사합니다."

악규영이나 갈염천에게 더 물어볼 필요도 없을 것 같았다. 운현은 중원의 사람. 중원의 수련법에 훨씬 더 익숙한 사람이다.

적룡기를 양 또는 화의 기운으로, 청룡기를 음 또는 수의 기운으로 생각하고 수련한다면 훨씬 더 수월하게 할 수 있었다.

"자, 가볼까?"

운현의 입가에 미소가 피어올랐다.

대법은 성공이었다. 방일원의 이지는 완전히 제압당해 있었으며, 그의 몸에서 느껴지는 기도는 예전의 몇 배에 달했다.

지금의 방일원은 곡해성의 무위에 필적할 정도로 올라와 있었다.

비록 한쪽 팔밖에 없다는 사실이 안타깝기는 하지만, 한 팔만으로도 엄청난 위력을 보이는 그였다.

"하하하하하!"

곡해성이 기쁜 듯 웃어젖혔다. 자신의 앞에 있는 방일원. 언제나 고개를 조아리고 그의 말을 들어야만 했을 때의 그 짜증이 한순간에 사라지는 듯했다.

"교주도 내 손에 넣었으니 이제 장로들이 문제군. 노친네들 중에는 꼬장꼬장한 사람도 있어서 골치가 아픈데 말이야."

장로들 대부분이 힘의 신봉자다. 마교에 오랜 세월 몸담았으니 그럴 수밖에.

그러니 곡해성의 힘을 보여주면 대부분은 넘어올 것이다. 여기서 문제는 그렇지 않은 사람들. 힘의 신봉자이기는 하지만 마교와 교주에 대한 충성심이 극에 달한 이들이 몇 있었다.

그런 사람들을 넘어오게 만드는 방법은 무력으로 억지로 무릎을 꿇리던가, 인간 대 인간으로 대면하여 넘어오게 만드는 방법이 있다.

"그런 건 귀찮아. 그냥 힘으로 눌러 버리고 말지."

머리는 잘 쓰지만 마음으로 사람 대하는 법에는 서투른 곡해성이었다.

지금 초가인은 싱글벙글 좋아하고 있다. 운현이 살아남았다. 흑살의 특급 살수 두 명이 실패했으니 이제 자신이 나설 차례인 것이다.

자신의 능력이 결코 그들, 특급 살수에 떨어지지 않는다고 생각하는 그녀다. 물론 살수 두 명을 상대로 살아남은 운현이기에 부담은 좀 되지만 그래도 자신의 손으로 복수를 할 수 있다는 사실에 들떠 있는 그녀였다.

"기분이 좋아 보이는구나."

"아, 오라버니?"

초가인은 고개를 돌려 자신의 방에 와 있는 곡해성을 보곤 미소를 지었다. 언제 봐도 사람을 기분 좋게 만드는 미소였다.

"자신은 있느냐?"

"그럼요."

"네 능력을 못 믿는 것은 아니지만, 흑살의 특급 살수 두 명은 황제도 죽일 수 있는 능력을 가진 이들이다. 그런데 운현한 명을 어쩌지 못했어."

"전 할 수 있어요."

"솔직하게 말해도 된다. 부담이 되면 부담된다고 해도 돼. 복수가 꼭 자신의 손으로 해야만 복수가 아니다. 철저하고 상대가 죽는 순간까지 공포를 느끼게 만들면, 그것만으로도 충분한 복수다."

"물론 그렇죠. 하지만 제 손으로 꼭 해야겠어요. 오라버니를 그렇게 만든 사람에 대한 호기심도 좀 있고요."

"호기심 때문에 목숨을 걸 셈이냐?"

"호기심 때문만은 아니잖아요."

"네 눈은 그리 말하고 있지 않다."

곡해성의 말에 초가인의 눈빛이 흔들렸다.

'정말 그 사람에 대한 호기심 때문일까?

알 수 없었다. 갑자기 자신의 마음과 생각에 대해서 딱 부러지게 정리하기 어려워진 그녀였다.

"걱정 마세요. 기회만 포착되면 가차없이 죽일 거니까요."

그녀의 말에 잠시 그녀를 바라보던 곡해성이 고개를 끄덕이며 입을 열었다.

"그래, 알았다. 그럼 일단 행방이 묘연한 운현부터 찾아야겠지?"

"찾을 수 있나요? 지금 마교의 힘으로?"

"마교의 힘이 아니더라도 찾을 수 있는 방법은 다 있단다."

"아!"

곡해성이 어디로 갈지 대충 알 것 같은 초가인이었다.

사천성은 사천성이지만 마교가 있는 곳은 성도가 아니다. 성도에서 한참 떨어진 백옥(白玉)이라는 곳으로, 두 시진 정도만 가면 서장일 정도로 중원의 최외각 지역이라 할 수 있었다.

작은 도시이지만 그런 곳에도 홍등가는 있다. 특히 서장과 가깝기 때문인지 중원인이 아닌 사람들도 꽤 보이는 곳이었다.

　한 번 경험을 해봤기 때문인지 초가인은 홍등가의 분위기에 두려워하지 않았다.

　오히려 당당하게 곡해성의 옆에 서서 걸었다. 운현에 대한 소식을 들을 수 있다는 사실에 더욱 용기가 생기는 그녀였다.

　"이곳이군."

　허름한 주루. 사람들이 잘 들 것 같지 않게 생긴 곳이었다. 하지만 꽤 오래되고 이름이 있는 곳인 듯 사람들이 꾸준히 들락날락거리고 있었다.

　"루주를 만나러 왔다."

　"누구십니까? 미리 예약은 되셨습니까?"

　"예약? 그런 건 없다. 이 패를 가져가 보여주면 알 것이다."

　"……!"

　곡해성의 손에서 나온 패를 받아 든 사내의 눈이 동그랗게 떠졌다. 마(魔)라는 글자가 또렷하게 새겨진 패였던 것이다.

　'마교!'

　"잠시만 기다리십시오."

　"그러지."

　사내의 말에 곡해성은 고개를 끄덕였다. 그리고 사내는 재빨리 안으로 달려갔다.

　잠시 후, 사내가 다시 나타났다. 그리고는 초가인과 곡해성을 데리고 어디론가로 향했다.

주루의 뒷문을 열고 나가자 작은 건물이 하나 보였다. 그곳에 이곳 하오문의 총괄자가 살고 있는 듯했다.

끼이익!

"모셔왔습니다."

"나가봐요."

"예."

사내가 나오고 곡해성과 초가인이 건물 안으로 들어섰다. 그리고는 건물 안에 있는 사람을 보곤 두 눈이 커졌다.

"어머?"

건물 안에 있는 사람은 홍미랑. 사천성 성도에서 보았던 그녀가 지금 이곳 백옥(白玉)에 있는 것이었다.

"어떻게……?"

"마교의 총단이 이곳 백옥에 있나요? 놀랍군요. 그것만은 모르고 있었는데."

하지만 전혀 모르고 있던 눈치가 아니다. 오히려 다 알고 있었다는 듯한 그녀의 표정이었다.

"놀랍군. 이런 곳에 와 있다니. 따라온 것인가?"

"제가 당신들을 따라올 이유가 있다고 생각하나요? 이건 우연이에요, 우연."

"정말인가?"

"어머? 지금 저를 못 믿는 것인가요?"

그녀가 눈웃음을 쳤다. 어지간한 남자라면 그녀의 눈웃음
에 넘어갔겠지만 곡해성은 눈 하나 깜짝하지 않았다.

"이런 말은 이제 그만 하지."

"뭐, 그러죠."

홍미랑이 약간은 아쉬운 눈빛을 하며 곡해성의 말을 받았
다. 하지만 이내 얼굴을 풀고 밝은 표정으로 다시 물었다.

"자, 오늘은 어떤 정보를 얻고 싶어서 찾으셨나요?"

"운현에 관한 정보."

"또?"

"그래."

"흑살이 실패했다더니… 다른 방도가 있는 모양이죠? 직접
나서시려나?"

다 알고 있었다. 자신들이 흑살에게 의뢰한 것부터 그것이
실패한 것까지.

"대화가 편하겠군. 다른 것은 알 필요 없소. 어디에 있는지
만 알려주면 되오."

"알죠? 그에 대한 정보는 가치가 높아요."

"자, 이 정도면 되나?"

곡해성이 작은 상자를 그녀에게 건넸다.

'은자?'

"헉!"

상자를 열어본 그녀의 눈이 부릅떠졌다. 상자에 들어 있는

것은 은자도 아니었으며, 금자도 아니었다.

금괴. 금괴였다.

"이렇게나 많이?"

"그 정도 값을 할 질문들이 있기에 주는 것이오."

"무엇이든 물어보세요. 운현에 대한 모든 정보를 다 알려
드리지요."

"고맙군."

곡해성과 홍미랑의 눈빛이 달라졌다. 이제 얻으려는 사람
과 최대한 적게 주고 큰 이득을 치르려는 사람들의 치열한 머
리싸움이 시작되려 하고 있었다.

장장 두 시진이다. 두 시진간 둘은 치밀한 계산하에 질문과
대답을 주고받았다.

곡해성은 운현과 관련된 모든 것을 알아내고자 하였고, 홍
미랑은 최대한 '운현에 대해서만' 대답하기 위해 애썼다.

질문과 대답이 직설적이지 않고 천 리, 만 리씩 돌아가는
질문과 대답이었다.

하지만 마교의 군사 자리까지 차지하고 몇 년 만에 마교를
정파 전체를 상대할 수 있을 정도까지 홀로 길러낼 정도로 뛰
어난 머리를 가진 곡해성이다.

홍미랑이 제아무리 돌려 말한다고 해도 그 알맹이를 제대
로 뽑아 먹는 곡해성이었다.

“자, 이제 되었나요?”

“되었다. 이제 그만 가지.”

곡해성이 자리에서 일어나자 둘의 대화를 듣고 있던 초가인이 멍한 표정으로 따라 일어났다.

도대체 왜 그런 질문을 하는지 모를 질문들과 왜 그런 대답이 나와야 하는지 알 수 없는 대답들. 초가인의 머리가 복잡해지고 있었다.

말 그대로 우문(愚問)에 현답(賢答)이요, 동문(東問)에 서답(西答)이었다.

도무지 모르겠다는 표정을 한 초가인이 곡해성의 뒤를 따라 나갔고, 곡해성이 많은 것을 얻지 못했을 것이라는 자신감에 찬 표정을 한 홍미랑이 그런 둘을 배웅하고 있었다.

이른 아침, 운현은 물가를 찾았다. 청룡기를 수기라 생각하라 하였기에 개울을 찾은 것이었다.

수의 기운을 익히려면 물에서 수련하는 것이 일반적이었다. 다행스럽게도 근처에는 물가가 있었고, 운현은 아침 일찍 그리로 향한 것이다.

첨벙!

운현은 주저하지 않고 개울로 들어갔다. 추운 날씨는 아니었지만 산속에 있는 개울이고 아침이라 엄청 차갑게 느껴졌다.

"으, 으!"

운현은 서둘러 진기를 끌어올렸다. 하단전에 있는 태극진기가 온몸을 한 바퀴, 두 바퀴 돌면서 몸 안으로 침투한 한기를 몰아내고 있었다.

"으! 이제 좀 살 것 같네."

점점 추위가 느껴지지 않자 운현은 중얼거리며 천천히 위쪽으로 올라갔다. 위쪽으로 올라가다 보면 적당한 크기의 돌덩이가 하나 있어 반신(半身) 정도는 물에 담그고 정좌할 수 있었다.

다만 물살이 있기 때문에 그 위에서 중심을 잘 잡는 것이 중요했다.

"으샤!"

운현은 돌덩이 위에 올라섰다. 물속에 담겨 있던 몸이 밖으로 나오니 더욱더 한기가 느껴졌다.

"어, 어!"

돌덩이에 올라서서 천천히 그 위에 앉던 운현은 뒤쪽에서 밀려오는 물살에 중심을 잃었다.

첨벙!

"어푸!"

바깥으로 나오며 물을 뿜어내는 운현. 그리고는 숨도 제대로 고르지 않고 곧바로 다시 돌덩이 위로 올라갔다.

이번에는 최대한 조심스럽게 돌덩이 위에 앉는 운현. 일단 앉는 데에는 성공했지만 그 다음부터가 문제였다.

명상을 하든 운기를 하든 간에 일단 눈을 감고 집중을 해야 하는데, 그렇게 되면 몸이 물살에 밀려 떨어질 수도 있기 때문이었다.

하지만 운현은 주저하지 않고 눈을 감았다. 이 정도의 물살은 이겨낼 수 있을 것이라는 믿음을 가지고.

자신에 대한 강한 믿음을 가지고 있기 때문일까? 가부좌를 튼 상태에서 의식이 점점 현실과 멀어져 가고 있음에도 운현의 몸은 앞으로 고꾸라지거나 하지 않았다.

'청룡기는 수(水)의 기운. 이 방법이 최선이다.'

운현은 이를 악물었다. 명상과 운기. 그 덕에 추위는 거의 다 가신 상황이었지만, 이 방법이 아니면 다른 방법은 없다는 생각에 초조함과 부담감이 마음속 가득 자리 잡고 있었다.

그렇게 오전 내내 물속에서 수련한 운현은 해가 뜨고 점점 날이 따스해지자 물에서 나왔다. 퉁퉁 부어오른 운현의 몸.

개울에 와 운현의 수련 모습을 지켜보고 있던 정미현이 서둘러 크고 두꺼운 옷을 가져와 운현의 몸에 걸쳐 주었다.

"고마워요."

"꼭 이 방법밖에 없나요? 안쓰러워요."

"이 방법이 가장 빠르고 좋아요. 수기를 느끼려면 물에서 해야죠."

그렇게 말하며 웃고는 있지만, 운기를 마친 다음이라 그런지 운현의 입술이 조금 파랗게 질려 있었다.

"일단 서둘러 내려가요. 이러다 감기 걸리겠어요."

"그래요."

고개를 끄덕인 운현은 정미현과 함께 집으로 향했다.

집으로 들어가 몸을 좀 녹인 운현은 식사를 한 후에 잠시 휴식을 취하고 있었다.

수기로 대변되는 청룡기는 물에 들어가서 수련을 한다고 하지만, 화기의 적룡기는 어찌해야 할지 잘 떠오르지 않았기 때문이다.

화기의 대표적인 것은 불. 그렇다고 해서 불을 피워놓고 그 위에 앉아 수련할 수도 없고, 몸에 불을 피워 수련할 수도 없는 노릇이었다.

"어찌한다… 하아."

운현이 작게 한숨을 쉬었다. 조급함이 냉철한 사고를 방해하고 있었다.

"적룡기는……."

"어르신."

홍노였다. 그는 지금 운현이 고민하고 있는 부분이 무엇인지 잘 알고 있었다.

"청룡기는 수기. 수기는 물과 밀접한 관련이 있지. 당연한

생각이고 당연한 수련 방법이다. 반면 적룡기는 화기. 불과
밀접한 관련이 있다. 하지만 불은 인간의 몸과 직접적으로 만
나면 해를 끼치지. 그럼 어떻게 해야 할까?"

무언가 답을 기대했던 운현은 홍노의 입에서 나온 말이 그
저 지금 운현 스스로가 하는 고민이자 약간 실망한 표정을 지
었다.

"그 표정은 뭐냐?"

"솔직히 답을 기대했습니다."

"답? 그것을 왜 나에게 기대하는가?"

"……."

"답이라고 하는 것은 스스로 찾아야 한다. 특히나 이런 답
은 누군가 가르쳐 준다고 해서 그것이 정답이 아니야. 이미
잘 알고 있는 것 아닌기?"

"깨달음은 그렇겠지요. 하지만 방법은 아닙니다."

"방법에는 정답이 있다? 누가 그런 개소리를 하더냐?"

"예?"

"방법에도 정도란 없다. 자신에 맞는 방법을 찾으면 그만
이다. 결과가 제대로 나온다면 방법이야 어떤 방법을 사용해
도 상관없단 말이다."

"하지만……."

"하지만? 그 뒤에 붙을 말은 없다."

"떠오르질 않습니다. 생각나는 것들이라고는 몸에 불을 붙

이거나 사방이 불길인 곳에 들어가 수련을 하는 것. 그런 허무맹랑한 생각뿐입니다.”

“허무맹랑? 그것이 될지 안 될지 시도도 해보지 않고 그것이 허무맹랑한 것인지 아닌지 어찌 아느냐?”

“상식적으로 아는 것 아닙니까? 제 몸에 불을 지를 수도 없는 노릇이고, 이곳에 불을 내면 태산이 다 탑니다.”

“까짓것 무슨 상관이더냐?”

“예? 그것이 무슨 말씀이십니까? 저 하나 때문에 태산을 몽땅 태울 수는 없는 노릇이지요. 그건 당연한 것입니다.”

“그럼 안 타게 만들면 되지 않겠느냐?”

“그것이 가능합니까? 산에는 바람이 많이 붑니다. 이런 곳에서 불 한번 잘못 났다가는 큰일 납니다.”

“멍청한 놈.”

홍노의 말에 운현이 눈을 부릅떴다. 너무 직접적으로 자신에게 멍청하다 했기 때문이다.

“불은 번질 건더기가 있어야 번지는 것이다. 그게 없으면 바람이 아무리 많이 불어봤자 옮겨 붙지 않아! 하물며 탈 것이 아무것도 없는 공간에서는 불이 번질 수 있을까!”

“하지만 이곳에 그런 곳이 있습니까? 불을 피워도 번지지 않는 그런 곳이?”

“하나부터 열까지 먹여줘야 할 놈이다. 그런 놈이 황룡기는 어떻게 이겼고, 왜 구룡검이 너 같은 놈을 주인으로 정했는지 도통 모르겠다."

홍노의 말에 운현이 고개를 숙였다. 신랄한 말. 하지만 반박할 수도 없는 말이었다.

"따라와라."

홍노가 집 밖으로 발걸음을 옮겼고, 운현도 그의 뒤를 따랐다.

홍노는 한참을 올라갔다. 평소 수련을 하기 위해 올라 다니던 곳보다 더 깊숙한 곳까지 올라갔다.

'도대체 이런 곳에 무엇이 있다고 데려온 것일까?'

궁금했다. 묻고 싶었다. 하지만 물을 수가 없었다. 또 불같이 화를 낼 것만 같았기 때문이다.

"여기다."

일각 정도 더 올라가서야 홍노는 걸음을 멈추었다. 그의 뒤를 따라 올라간 운현은 홍노가 데려온 곳을 보고 의아한 표정을 지었다.

공터. 굉장히 넓은 공터였다. 태산 중턱에 이런 곳이 있다고는 생각도 못했다. 하지만 이곳에는 왜?

"이곳은……."

"내가 해줄 수 있는 부분은 여기까지다. 이곳에 대한 답은 네 스스로 내리고, 이후의 수련도 네가 알아서 하거라."

"…알겠습니다."

조금 더 물어보려 했던 운현은 단칼에 말을 잘라 버리는 홍노의 말에 더 이상 물을 수가 없었다. 스스로 답을 내라고 하는데 어떻게 묻겠는가.

"감사합니다."

아직 왜 이곳에 데려다 주었는지는 알 수 없었지만, 분명 자신의 수련에 도움이 되는 곳인 것만은 확실했다.

그렇기에 운현은 진심으로 홍노에게 감사의 마음을 전했다.

"되었다. 네가 수련에 성공하고 합룡기를 이룬다면, 그것으로 된 것이다."

그 말을 남기고 홍노는 내려갔다. 그리고 운현만 그곳에 남아 홍노가 남기고 내려간 숙제를 풀기 위해 생각에 잠겼다.

"정말 자신이 있느냐?"

"그럼요. 저를 믿으세요."

초가인의 말에도 곡해성은 걱정스런 표정을 지었다. 친동생처럼 생각하던 홍소담을 잃었다. 그런데 또다시 초가인마저 잃는다면 곡해성은 더 이상 견딜 수 없을 것이다.

"그렇다면 호위 몇 명을 붙여주마. 육천룡문의 무사들이니 거부감도 없을 것이야."

"괜찮아요."

고집도 이만하면 황소고집이다. 복수는 초가인의 손으로

하되, 호위를 붙여 함께 가라는 말이다. 하지만 초가인은 이 마저도 거부하고 있었다.

"그들이 붙으면 제 장기를 살리기 어려워져요. 혼자가 편해요."

"음……."

곡해성이 인상을 찌푸렸다. 이렇게 되면 어쩔 수 없이 그녀 혼자 보내야 한다.

"태산은 굉장히 먼 거리다. 게다가 운현 혼자 있는 것이 아니라고 하니 더욱 조심하거라."

"걱정 마세요."

초가인의 말에 곡해성은 걱정스런 표정으로 고개를 끄덕였다.

"그럼 갈게요."

"그래, 일이 끝나면 곧바로 이곳으로 돌아와야 한다. 알겠느냐?"

"알았어요."

초가인은 그대로 마교 밖으로 향했다. 걱정스런 눈길로 잠시 그녀가 간 곳을 바라보던 곡해성은 다시 몸을 돌렸다. 우선 자신은 한시라도 빨리 마교를 완전히 장악해야만 했다.

"그런데……."

곡해성이 다시금 몸을 돌려 초가인이 간 방향을 바라보았다.

"그 아이가 운현의 얼굴을 알던가?"

모른다. 초가인은 운현의 얼굴을 모른다. 그냥 운현이 태산에 있다는 말만 듣고 그리로 향하는 그녀였다.

다시 한 번 곡해성의 가슴에 그림자가 드리워지는 순간이었다.

第九章
적룡, 청룡 출기(出氣)!

　운현의 청룡기 수련은 척척 잘 진행이 되고 있었다. 하지만 적룡기 수련은 여전히 제자리걸음이었다.

　적룡기는 제대로 된 수련을 못하고 있으니 당연한 것이었다. 청룡기도 아직까지 아무런 기운이 느껴지지 않고 있지만, 수련을 하고 안 하고의 차이는 엄청난 것이었다.

　"답답하다, 답답해!"

　운현에게 불 피울 자리까지 알려준 홍노는 답답하다며 가슴을 치고 다녔다. 물론 운현이 없을 때에만.

　그 정도면 입 앞에까지 숟가락을 가져다준 것과도 같았다. 이제 입을 벌리고 받아먹기만 하면 되는데, 운현은 아직 입을 못 벌리고 있는 상황이었다.

그러니 숟가락을 들고 있는 홍노는 얼마나 팔이 아플 것이며, 답답할 것인가.

"찾을 수 있을 거라고?"

홍노가 이마에 열십자 힘줄을 만들며 정 노인을 바라보았다. 그에 정 노인은 어색한 미소를 지으며 입을 열었다.

"저 아이가 예전에는 안 저랬는데 말이지… 하, 하."

정 노인의 그런 태도에 홍노는 더욱더 속이 부글부글 끓어올랐다.

"적룡기보다 청룡기를 더 먼저 익히기만 해봐라. 가만 안 둘 테다."

주먹을 불끈 쥐며 말하는 홍노였다.

홍노가 공터를 알려주고 닷새가 지났다. 그 간단한 의미를 아닐 것이라 생각하고 계속해서 다른 용도를 생각하는 운현이다.

점점 까칠해지는 홍노의 태도를 보면서 운현은 아직까지 자신이 수수께끼를 풀지 못하고 있기 때문이라 생각하고 밤잠까지 설쳐 가며 고민하였다.

"하아… 도대체 어떻게 하라는 말인가!"

운현은 홀로 공터에 앉아 한탄 섞인 말을 내뱉었다. 머리를 벅벅 긁는 운현. 절대 중원무림에서 검존이라 칭송받던 그 모습이 아니었다.

"그냥 피워봐? 그게 내 한겐데……."

결국 자리에서 일어서는 운현. 불을 피우기로 결정했으니, 이젠 불을 어떻게 피울 것인가가 또 다른 과제로 다가왔다.

"불을 붙이려면 나무들이 있어야 할 것이고……."

일단 운현은 숲으로 내려가 작은 나무들부터 잘 타게 생긴 조금 큰 나무들까지 가져다가 모으기 시작했다.

그렇게 한 시진 정도 땀을 흘리며 왔다 갔다 한 끝에 어느 정도 나무들을 모을 수가 있었다.

"문제는 불을 어떻게 피우냐는 거지… 삼매진화(三昧眞火)?"

삼매진화를 일으키면 처음에 불이 잘 붙지 않는 나무라도 일단 쉽게 불을 붙일 수 있다.

"음……."

작은 나뭇가지 하나를 가져다가 진기를 일으켜 불을 피웠다.

화르륵!

활활 타는 나뭇가지. 운현은 재빨리 몇 개의 나무를 더 가져와 모아놓았다.

하지만 불이 옮겨 붙기는커녕 그냥 꺼져 버렸다.

"음……."

불 피우는 것도 쉬운 일이 아니었다. 어떻게 해야 할까?

"일단은 동그랗게 나무들을 모아놓고……."

운현이 나무들을 원형 모양으로 옮겨다 놓았다. 원형 모양으로 놓인 나무에 불을 피우고, 그 가운데에 들어가 앉으려는 생각이었다.

"골을 살짝 팔까?"

나무들이 원형이다 보니 자꾸 굴러서 다른 쪽으로 움직이는 것들이 있었다. 그런 것들 때문에 신경을 쓰던 운현은 작게 골을 파서 나무들을 그 골 안에 넣었다.

"자! 이제 불만 붙이면 끝이다!"

불만 붙이면 끝인데 가장 큰 문제가 또 불붙이는 것이다. 붙이기도 어렵고, 계속 활활 타오르게 하는 것도 힘들고.

"기름을 부어야겠구나."

방법은 하나다. 기름, 기름밖에 없다. 화력도 강하고 나무에 잘 붙으니 오래 탈 것이니 수련을 하기에 최적의 조건을 만들 수 있는 필수 조건이다.

"기름을 어디서 구하나……."

운현은 중얼거리며 아래로 내려가기 시작했다.

"내려온다."

"나도 보고 있다."

운현이 내려오는 모습을 본 정 노인이 홍노에게 말했다. 고개를 끄덕이며 운현에게 시선을 고정시킨 홍노는 운현의 표정이 조금 달라진 것을 볼 수 있었다.

"저, 어르신."

"무슨 일이냐?"

"기름을 좀 구할 수 없겠습니까?"

"기름? 어디에 쓰려고?"

"불을 좀 붙이려고요."

"불을?"

'이제야 알아차리다니! 멍청한 놈.'

"얼마나 필요하냐?"

"많이 필요합니다."

"많이?"

"예, 많이요."

"알았다, 내려가서 좀 구해보마."

"감사합니다."

운현이 홍노에게 꾸벅 인사를 했다. 그리고는 집 안으로 들어갔다.

"아무래도 알아차린 것 같지?"

"그런 것 같구먼."

"또 산 밑에 내려갔다 와야겠군. 기름 구하는 게 쉽지는 않은데 말이지."

"나도 같이 가지. 여기에만 있으려니 심심해 죽겠어."

"늙으면 다 그런 거야. 가지."

홍노와 정 노인이 서로 이런저런 이야기를 하며 태산을 내려가기 시작했다.

홍노와 정 노인이 산 밑에서 가져온 기름을 가지고 공터로 올라간 운현은 모아놓은 나무에 기름을 뿌리기 시작했다.
콸콸콸!
"윽! 냄새!"
식용 기름이 아닌지라 냄새가 상당히 독했다. 그에 인상을 찌푸린 운현은 거대한 원 안에 들어가 앉았다.
화르륵!
미리 준비해 놓은 작은 나뭇가지에 삼매진화로 불을 붙인 후, 그 나뭇가지를 기름을 먹인 나무들이 있는 쪽으로 던졌다.
화르르르르!
순식간에 번지는 불. 화력이 강하여 대략 삼 장 정도의 거리에 떨어져 있음에도 얼굴에 열기가 제대로 와서 부딪쳤다.
"수련 시작이다!"
운현은 가부좌를 틀고 눈을 감았다. 온몸으로 달려드는 열기와 조금씩 코로 들어오는 연기. 눈을 뜨고 이곳에서 나가고 싶은 마음이 굴뚝같았지만 운현은 마음을 다잡았다.
'절대로 나가지 않겠어!'
끝까지 버티고 앉아 있는 운현이었다. 그렇게 자리를 지키

고 앉아 명상에 들어 점점 자신을 잊어가면서 뜨거움 같은 것
도 잊어갔다.

'적룡기는 화기. 불같이 급하며, 폭발적인 성격을 가진 기
운이다. 그렇다면 이를 어떻게 끌어내야 하는가!'

황룡기 구결에 적혀 있던 성질과는 조금 다른 적룡기의 성
질이었다.

없는 기운을 만들어내는 것은 굉장히 어렵다. 어린 시절 무
당에서 태극진기를 익힐 때에도 그랬고, 황룡기를 익힐 때에
도 그랬다.

하지만 그럴 때마다 느낀 것은 조급해하면 안 된다는 것이
었다.

운현은 최대한 마음을 편하게 먹었다.

얼굴이 벌겋게 달아오르다 못해 점점 익어감에도 운현의
입가에는 미소가 번져 있었다.

적룡기 수련을 시작하고 나서부터 운현에게는 하루하루가
지옥과 같은 시간이었다.

아침에 물속에 들어가 청룡기 수련을 한 다음에는 온몸의
수분이 바짝 마를 정도의 열기 속에서 적룡기 수련을 한다.
그런 다음 날이 어둑해지면 다시 물속에 들어가 청룡기 수련
을 하는 생활이 반복되었다.

차가운 곳에 있다가 갑자기 뜨거운 곳으로 갔다가 다시 차

가운 곳으로 옮겨 다니는 생활이 반복되다 보니 몸에 이상이
오기 시작했다.

이는 내공을 익혔다고 해서 아무렇지 않을 수준을 넘어선
것이었다.

온도 차가 나도 어느 정도가 나야지, 새벽과 밤의 물속은
영하이고, 낮의 불길 속은 사십에서 오십 도가 넘어서는 고온
이니 몸에 탈이 안 날 수가 없었다.

결국 운현은 드러눕고 말았다.

몸을 혹사시킨 결과가 그대로 나타난 것이었다.

"역시… 청룡기와 적룡기 수련을 함께하는 것이 아니었어.
내기의 충돌은 둘째 치고 몸이 견디지를 못하잖아."

"자신이 하겠다고 한 일이다. 그렇다면 끝까지 자신이 알
아서 감당해야지."

차가운 청노의 말에 홍노와 정 노인은 그를 한 번 바라보았
다. 정미현 역시 어떻게 그런 말을 할 수 있느냐며 잠시 청노
를 흘겨보았다.

"아직도 뜨거워요."

마치 불속에 있다가 나온 것처럼 운현의 몸은 뜨거웠다. 방
금 전에 적룡기 수련을 하다 나온 것도 아니고, 아침에 청룡
기 수련을 한 운현이었다.

물속에서 수련을 하던 운현은 어느 순간 갑자기 정신을 잃
고 그대로 앞으로 고꾸라졌다. 정신을 잃은 상태였기 때문에

땅 위로 올라오지도 못했다.

그 상황을 악규영이 보지 못했다면 그대로 익사했을 것이다.

"하아… 하아……."

숨 쉬기가 곤란한 모양이었다. 입을 벌리고 힘겹게 숨을 내쉬는 운현. 그 옆에서 정미현이 걱정스런 표정으로 그를 바라보고 있었다.

"천이, 이 녀석은 의원을 부르러 가서 왜 여태껏 안 오는 게야!"

운현의 상태가 점점 안 좋아지자 홍노는 애꿎은 갈염천만 욕하고 있었다.

호랑이도 제 말하면 온다더라.

홍노가 욕을 한 지 얼마 지나지 않아 갈염천이 의원을 들쳐업고 집 안으로 들어섰다.

"의원을 데려왔어요!"

"왜 이리 늦었어!"

"죽어라 하고 달렸다고요!"

"이 녀석이!"

홍노는 늦었다고 뭐라 하고, 갈염천은 최대한 빨리 온 거라고 반항하고. 갑자기 집 안이 시끌벅적해졌다.

"조용!"

가만히 있던 정 노인이 참다못해 소리쳤고, 홍노와 갈염천은 입을 다물었다.

갈염천의 등에 업혀 넋이 나가 있던 의원은 침상에 누워 정신을 잃고 있는 운현을 보자마자 정신을 차리고 그에게로 다가갔다.

실로 대단한 직업 정신이 아닐 수 없었다.

"어떻소?"

진맥을 하는 의원의 표정이 심상치 않자 청노가 조심스럽게 물었다. 아까까지만 해도 운현이 감당해야 할 부분이라 했던 그이지만 걱정은 되는 모양이었다.

"음… 이런 경우는 또 처음이오."

"어떻길래?"

"진기의 흐름은 정상입니다. 하단전의 진기는 아주 안정적이고, 그 흐름 역시 괜찮습니다."

"그럼 무엇이 문제이오?"

"일단 첫 번째는 몸을 혹사시켜 피로가 쌓여 있습니다. 어떤 강박관념 때문에 몸을 이리 굴렸는지는 모르겠지만, 아무튼 몸의 피로가 극에 달한 상황입니다."

"이 녀석은 운기도 안 했나?"

하루의 피로는 운기 한 번이면 거의 다 풀린다. 그런데 쓰러질 정도로 피로가 쌓였다는 말은 운기 한 번 제대로 하지 않았다는 말과도 같다.

"육체적 피로도 문제지만, 정신적인 부분이 문제입니다.

여러 가지가 복합적으로 작용하여 지금 상황이 발생한 것이
오."

"그럼 두 번째 이유는 무엇입니까?"

정 노인의 물음에 의원의 표정이 약간 굳어졌다. 그리고는
입을 열었다.

"진기가 문제입니다."

"아니, 아까는 아무런 문제가 없다 하지 않으셨소?"

"전체적으로 보았을 때에는 큰 문제가 없습니다. 그런데
아주 작은 부분에 문제가 있지요."

"아니, 그 작은 부분이 무엇인데 사람이 이리 인사불성이
된단 말이오?"

"이상한 기운이 소량 느껴집니다."

"이상한 기운?"

"그렇습니다. 제가 무림인이 아니라 정확히 뭐라 말씀 드
리기는 곤란하지만, 하단전에 있는 진기와는 다른 무언가가
느껴집니다."

의원의 말에 정 노인과 홍노, 청노는 물론이고 정미현과 악
규영, 갈염천까지 전부 눈을 동그랗게 떴다.

"어디, 확인 좀 해봐야겠소."

청노가 의원으로부터 운현의 팔을 빼앗아 맥을 짚었다. 그
리고 그 자리에 있는 사람들 모두 기대감에 찬 눈빛으로 청노
를 바라보았다.

“훗!”

청노의 입가에 미소가 지어졌다. 그리고는 홍노를 보면서 말했다.

“엄청 천방지축이다. 살펴봐라.”

청노의 말에 홍노는 운현의 팔을 건네받았다. 그리고는 조심스럽게 운현의 중단전을 확인했다.

“하하하하!”

홍노의 감각에 잡히는 것은 분명 적룡기였다. 아주 작은 양에 불과하기에 출기의 단계에 들었다고는 할 수 없었지만, 그래도 분명 적룡기임은 확실했다.

게다가 엄청 날뛰는 것이, 앞으로 이 적룡기를 다스리려면 운현이 고생깨나 해야 할 것 같았다.

“이놈, 적룡기보다 청룡기를 더 먼저 익히면 가만 안 두려고 했거늘…….”

말을 하는 홍노의 입가에는 미소가 번지고 있었다.

운현의 몸속에 적룡기가 생기기 시작했다. 합룡기의 첫 발걸음이었다.

특별히 더 치료할 것이 없었기에 의원은 다시 내려갔다. 데리고 올 때와 마찬가지로 내려갈 때에도 갈염천이 그를 업고 내려갔다.

의원이 내려가고 다음날 아침, 다행스럽게도 뜨겁던 운현의 몸은 원래의 체온으로 떨어져 있었다.

하지만 기력이 많이 쇠해서 그런지 아직까지 정신을 차리지 못하고 있었다.

"왜 안 깨어날까요?"

"그야 당연히 이 녀석이 허약하니까 그렇지."

홍노가 대답했다. 말은 그렇게 하지만 운현에 대한 그의 호감은 십 할 이상 상승해 있는 상황이었다. 무엇보다도 청룡기보다 적룡기를 더 먼저 잡아내었으니까.

청노는 그런 것에 대해서 별로 신경을 쓰고 있지 않지만, 홍노는 그런 것에 굉장히 민감한 성격이었다.

"그나저나 이 녀석, 청룡기 수련을 더 오래했으면서 왜 적룡기부터 느낀 거지? 적룡기가 청룡기보다 더 쉬운가? 이거 갑자기 기분 나빠지는데?"

방금 전까지 기분이 좋던 홍노가 이번에는 화를 냈다. 정말 알 수 없는 성격이다.

"쉬워서 좋겠군."

지나가면서 한마디 하는 청노. 정정한다. 그도 은근히 신경 쓰고 있었다.

"뭐야?!"

발끈한 홍노가 사납게 청노를 바라보았다. 하지만 청노는 그런 홍노의 시선을 깔끔하게 무시하고 집 밖으로 나갔다.

"왜 대답 안 해?"

홍노는 재빨리 그의 뒤를 따라서 밖으로 나갔다. 집 안에 남아 있는 정 노인은 인상을 찌푸리며 입을 열었다.

"늙으면 점점 애가 된다고 하더니. 홍노, 저 녀석은 완전 애군. 애야."

"그러게요."

정미현도 인상을 찌푸리며 대답했다. 어서 운현이 깨어나기를 바라지만 제대로 회복이 안 된 상태로 이 소란스러운 상황에서 깨어나는 것은 원치 않았다.

"뭐, 너무 걱정 마라. 이제 곧 깨어날 거다. 그렇게 허약한 아이도 아니니까. 오늘이나 내일 안으로 일어나서 또 수련한다고 그럴 거다."

"절대로 안 돼요!"

"그래, 안 되지. 몸이 어느 정도 정상 궤도에 올라올 때까지는 절대 안정이다. 나나 너뿐만이 아니라 홍노나 청노도 말릴 거다."

"그래야지요. 아무튼 이렇게 조마조마한 적이 한두 번이 아니네요."

"그동안에도 많았던 모양이구나?"

"그럼요. 적들하고 한번 싸우고 올 때마다 거의 쓰러졌으니까요. 무슨 싸움을 그리도 격렬하게 하는지."

"그만큼 이 아이가 강해졌다는 소리겠지. 강해졌으니 적들도 강한 상대를 보내는 것일 것이고. 그것은 힘을 가진 자의 어쩔 수 없는 숙명이다."

"그래도요. 적들이 강해지면 이 세상에서 가장 강한 자가 되어야겠네요. 손가락 하나로 적들을 간단히 제압할 수 있을 정도로."

"하하하! 이 녀석보고 신(神)이 되라는 말이냐?"

"말이 그렇다는 거지요."

"그래, 하지만 이것 하나는 분명하다."

정 노인의 말에 정미현이 그를 바라보았다.

"이 아이는 더욱더 강해질 거야."

"그렇겠지요."

정미현과 정 노인은 나란히 서서 침상에 누워 있는 운현을 바라보았다.

하루가 더 지났다. 아니, 정확하게는 반나절이 지나 날이 어두워졌다. 만물이 슬슬 잠자리에 들 시간, 운현은 점점 의식을 찾아가고 있었다.

"음……."

운현의 입에서 난 신음 소리에 잠시 침상 곁에 앉아 눈을 붙이고 있던 정미현이 화들짝 깨어났다.

"운현?"

하지만 운현의 입에서는 아무런 소리도 들려오지 않았다. 표정이나 자세, 호흡 등이 아직도 그대로였다.

"잘못 들었나?"

정미현이 조금 실망한 표정으로 중얼거렸다. 또렷해진 정신. 자리에서 일어난 정미현은 찬바람을 좀 쐬기 위해 창가로 걸어가 창문을 열었다.

휘이잉!

산속의 찬바람이 창문을 통해 얼굴로 날아들었다. 조금 남아 있던 잠기운마저도 완전히 사라지는 듯했다.

창문을 통해 들어온 찬바람 때문일까? 다시금 운현의 입에서 어떤 소리가 들렸다.

"음……."

신음 소리. 운현은 의식을 찾아가고 있는 중인 것이다.

"운현!"

정미현은 침상으로 다가가 운현의 손을 꼭 잡고는 그가 어서 깨어나기를 간절히 바랐다.

신음 소리를 흘리고도 아직 눈을 뜨지 않는 운현을 보면서 정미현은 걱정하고 있었다. 지금까지 여러 번 정신을 잃었던 운현이지만 이렇게 신음을 흘리며 눈을 뜨지 않은 적은 없었기 때문이다.

그러다 보니 왠지 모르게 운현의 상태가 호전된 것이 아니라 더욱더 악화된 것은 아닌가 하는 걱정이 드는 정미현이었다.

"운현, 많이 아픈가요? 왜 안 일어나요?"

정미현이 꼭 잡은 운현의 손을 이마에 가져다 대었다. 힘없이 축 늘어지는 운현의 손.

"흑! 흑!"

정미현은 끝내 눈물을 보이고 말았다. 왠지 무섭고, 두렵기도 하고, 걱정도 되는 마음이 한꺼번에 올라왔기 때문이다.

'이, 이런!'

운현은 이미 정신을 차린 후였다. 하지만 자신의 손을 잡고 있는 정미현의 느낌이 너무 좋아 조금 더 이 느낌을 맛보고자 눈을 뜨지 않고 있었을 뿐이다.

물론 장난기도 어느 정도 있었고.

하지만 갑자기 정미현이 울음을 터뜨리자 당황스러워진 운현이었다.

"음……."

다시 한 번 신음 소리를 내는 운현. 그러자 정미현이 울음을 그치고 운현을 바라보았다.

'됐다!'

더 이상 정미현의 울음소리가 들리지 않자 운현은 천천히 눈을 떴다. 마치 지금 막 의식을 차린 것 같은 모습이었다.

"운현, 정신이 들어요?"

운현의 눈이 떠지자 정미현은 운현의 얼굴 가까이로 자신의 얼굴을 들이밀었다. 자세히 보기 위함이었다.

하지만 운현은 갑자기 가까워지는 정미현의 얼굴에 적잖이 당황하고 있었다.

'침착하자!'

그렇게 마음을 다잡은 운현은 눈을 몇 번 깜빡였다. 마치 아직 눈이 완전치 않다는 듯이. 완벽한 연기였다.

"정… 소저?"

운현이 정미현을 불렀다. 눈을 뜨고 말까지 하자 정미현은 너무 기뻐 방긋 웃었다. 눈에는 눈물이 그렁그렁한 상태였다.

"운현!"

순간 정미현이 운현의 가슴팍에 얼굴을 묻었다. 그와 동시에 운현은 안도의 한숨을 쉬었다.

날이 새고 아침이 밝았다. 자리를 털고 일어선 운현은 수련을 하겠다고 했다가 정미현에게 잡혀 제대로 잔소리를 듣고 있는 중이었다.

"아니, 쓰러졌다가 일어난 지 얼마나 됐다고 또 수련이에요? 안 돼요! 쉬어요. 완전히 나을 때까지 수련은 절대 금지예요."

"전 괜찮다니까요."

"안 돼요!"

정미현이 눈을 부릅뜨며 운현을 바라보았다. 전에 없이 강경한 태도로 운현의 수련을 막는 정미현이었다.

"쉬어라. 쉬는 것이 좋겠다. 쉬면서 여유를 가지는 것도 좋을 것이야."

정 노인도 말리고 나섰다.

"아서라. 그렇게 허약한 몸으로 또 수련했다가 이번에는 아주 골로 가려고? 그전에 쉬어라."

홍노 역시도 말린다.

"쉬어라."

짧고 굵은 청노의 말까지. 전부 하나같이 운현에게 쉬라 하고 있었다.

"정말 괜찮은데……."

작게 중얼거리며 그들의 눈치를 보는 운현이다. 운현은 너무 답답했다. 자신의 몸은 자신이 잘 안다.

쓰러지기 전에 무리를 한 것은 사실이다. 안 좋다는 것을 알면서도 욕심 때문에 수련을 하다가 그렇게 된 것이었으니 지금 사람들의 반응이 이해가 가지 않는 것은 아니었다.

하지만 지금의 상태는 쓰러지기 전보다 더, 아니, 정확히 말하면 완벽에 가까운 상황이었다.

그런데도 사람들이 믿어주지 않으니 너무 답답할 수밖에 없었다.

"알았어요. 그럼 오늘 하루는 푹 쉴게요. 운기 정도는 해도 되겠지요?"

운현의 말에 정미현을 비롯한 세 노인이 고개를 끄덕였다. 운기 정도야 큰 문제가 없기 때문이었다.

"감사합니다."

"그럼 쉬게. 우리는 이만 나가지."

정 노인의 말에 정미현과 청노, 홍노는 밖으로 나갔다. 이왕 쉴 것 확실하게 쉬라는 의미에서였다.

그들이 나가고 운현은 곧바로 가부좌를 틀었다. 오랜만에 운기를 하려는 생각이었다.

'응?'

태극진기를 가지고 가볍게 소주천을 하던 운현은 중단전에서부터 태극진기를 따라오는 소량의 진기를 느낄 수 있었다.

소량이기는 하지만 그 진기에서 느껴지는 기운으로 보아 적룡기가 분명했다.

'청룡기를 수련하다가 정신을 잃었는데 왜 적룡기야?'

운현 본인도 황당한 순간이었다. 하지만 이내 그런 생각은 지우고 운기에 집중하기 시작했다.

'뭐, 어떠냐. 둘 중에 어느 하나라도 먼저 생겼으니 다행이지.'

그것은 천운과도 같은 것이었다. 며칠 동안 계속해서 한 적룡기 수련은 조금 과한 면이 없지 않았다.

화기(火氣)든 수기(水氣)든 적당량이 필요하다. 하지만 적룡기 수련은 필요 이상으로 과한 화기를 운현의 몸속으로 받아들였다.

그런 상태에서 물속에 들어가 수기를 받아들였고, 그와 함께 화기와 수기가 충돌하여 중화 작용을 일으켰다.

그 과정에서 조금 더 양이 많았던 화기에 의해 적룡기가 생겼고, 수기가 충만한 물속에 있었기에 소량이기는 하지만 적룡기가 날뛰니 운현은 정신을 잃고 만 것이었다.

하지만 그것을 알 리 없는 운현은 그저 우연으로만 생각하고 있었다.

'귀여운데?'

태극진기의 뒤를 쫄래쫄래 따라오는 적룡기가 굉장히 귀엽게 느껴지는 운현이었다.

그래서 운현은 한 번 살짝 만져 보기로 했다. 그런데,

'으헉!'

태극진기로 살짝 건드렸을 뿐인데 그 반응은 굉장히 컸다. 그것도 굉장히 사나운 반응을 보이는 적룡기였다.

당황한 운현은 태극진기를 빨리 움직였다. 소주천을 거쳐 대주천까지, 사납게 그 뒤를 쫓는 적룡기였다. 빠르기는 또 어찌나 빠르던지 운기를 하는 내내 운현의 몸에서는 땀이 흘러나왔다.

'이, 이건!'

이미 한 번의 경험이 있다. 황룡기의 세 번째 구결을 풀어

닐 때에 경험했던 것이다.

그때에도 황룡기는 끝까지 태극진기의 뒤를 쫓아왔었다. 지금도 마찬가지. 적룡기는 쉬지 않고 태극진기의 뒤를 맹수가 먹잇감을 쫓듯 맹렬하게 쫓았다.

'크아아악!'

운현이 속으로 괴성을 지르며 태극진기를 몰았다.

절대로 잡힐 수 없다는 의지가 가득 느껴지는 단 한 번의 질주였다.

결국 태극진기를 잡지 못한 적룡기는 다시금 중단전에 자리를 잡았다. 그리고는 다시 얌전한 모습으로 돌아갔다.

중단전 전체에 모든 것을 포용하는 황룡기가 녹아 있는 만큼 그곳이 어미 품처럼 편안한 모양이었다.

"휴우……."

안도의 한숨을 쉬며 눈을 뜨는 운현. 그의 몸은 마치 한여름 땡볕 아래서 힘든 일을 한 사람처럼 땀에 흠뻑 젖어 있었다.

"어머!"

안으로 들어서던 정미현은 땀에 전 운현의 모습에 깜짝 놀랐다. 운현이 또 어디가 아픈 것 같아 보였기 때문이다.

"운현, 괜찮아요?"

"아, 괜찮아요."

"이렇게 땀을 흘리는데요?"

"아, 하하!"

운현이 웃음을 터뜨렸다. 방금 전의 상황을 떠올리니 웃음이 난 것이다.

"사나운 개 한 마리에게 쫓겼거든요."

"네?"

운현의 말이 무슨 말인지 몰라 정미현은 그저 어리둥절한 표정을 지을 뿐이었다.

그날 하루 동안 운현은 정말 마음 편하게 쉬었다. 다른 사람들의 말처럼 그동안 조금 무리한 감이 없지 않았기에 마음 편히 먹고 여유를 좀 찾기 위함이었다.

그리고 다음날이 되었다.

운현은 다시 수련을 시작했다. 잡아낸 적룡기는 키우고, 청룡기는 불러내는 수련을 해야 했다.

그런데 또 한 가지 문제에 봉착했다. 적룡기가 있기 때문에 수기가 강한 물속에서 수련을 하면 또다시 충돌의 위험이 있었다.

물론 그렇지 않을 수도 있지만, 충분히 생각해 볼 수 있는 위험이었다.

"일단 한 번 부딪쳐 봐?"

하지만 망설여지는 운현이었다. 또다시 정신을 잃고 쓰러져 며칠 동안 누워 있기는 싫었기에.

그리고 무엇보다도 지금 이런 자신의 모습을 보면 정미현이 가만두지 않을 것이기에 더욱 그러했다.

"그래도 청룡기를 얻기는 얻어야 하는데… 일단 들어갔다가 조짐이 이상하면 다시 나올까?"

잠시 망설이던 운현은 조심스럽게 개울에 발을 담갔다.

"어?"

원래 지금 이 시간에 개울물은 차가워야 정상이다. 그런데 발을 담갔음에도 전혀 한기가 올라오지 않았다.

"적룡기 때문인가?"

올라와야 할 한기가 느껴지지 않는다는 것은 그것을 못 느낄 정도로 따뜻한 무언가가 있다는 말이고, 그런 것은 운현에겐 소량이기는 하지만 적룡기밖에는 없었다.

"이거, 유용한데?"

적룡기는 일반 문파의 진기와는 차원이 다른 것이다. 그런 것을 차가운 물에 들어갈 때 사용하는 정도로 생각하는 운현이었다.

"자, 그럼 오늘 하루도 힘차게 수련을 시작해 봅시다!"

그렇게 중얼거리며 운현은 물속에 몸을 담갔다.

그렇게 하루 이틀 수련을 해나갔다. 전혀 조급해하지 않았으며, 약간 무리를 한다 싶으면 수련 시간을 줄이고 휴식을 취했다.

예전보다 훨씬 더 안정되고 여유가 느껴지는 운현이었다.

그런 마음가짐 때문일까?

수련을 재개한 지 나흘째 되는 날, 운현의 중단전에서 시원한 무언가가 느껴졌다.

"이것!"

물속에 있던 운현은 중단전에서 느껴지는 시원한 기운에 소리를 질렀다. 청룡기가 분명했다.

적룡기를 얻고 나니 생각보다 쉽게 생긴 청룡기였다. 둘이 워낙 상극이라 얻는 데 꽤 오랜 시간이 걸릴 것이라 생각했는데, 그것이 아니었다.

생각보다 빠른 시일 내에 청룡기를 얻게 된 운현이다.

"하하하하하하!"

운현이 크게 웃으며 물에서 나왔다.

"운현!"

운현이 물에서 나오자 여느 때와 마찬가지로 정미현이 운현의 몸에 덮을 것을 준비해 기다리고 있었다.

하지만 운현은 그것을 받지 않았다. 운현의 중단전에 있는 청룡기와 적룡기가 서로 어울리면서 자유롭게 뛰놀고 있었기에 춥지도 덥지도 않았다. 청룡기와 적룡기를 익힘으로써 한서불침(寒暑不侵)을 이룬 것이었다.

"운현?"

정미현은 계속해서 웃고 있는 운현을 바라보았다. 마치 정신이 나간 사람처럼 웃는 운현. 하지만 그의 모습에서 왠지 모르게 진정한 즐거움을 느낄 수가 있었다.

　조금 더 키워야 하겠지만, 운현은 위험 요소가 많았던 청룡기와 적룡기를 동시에 얻어 출기의 단계에 들어섰다.

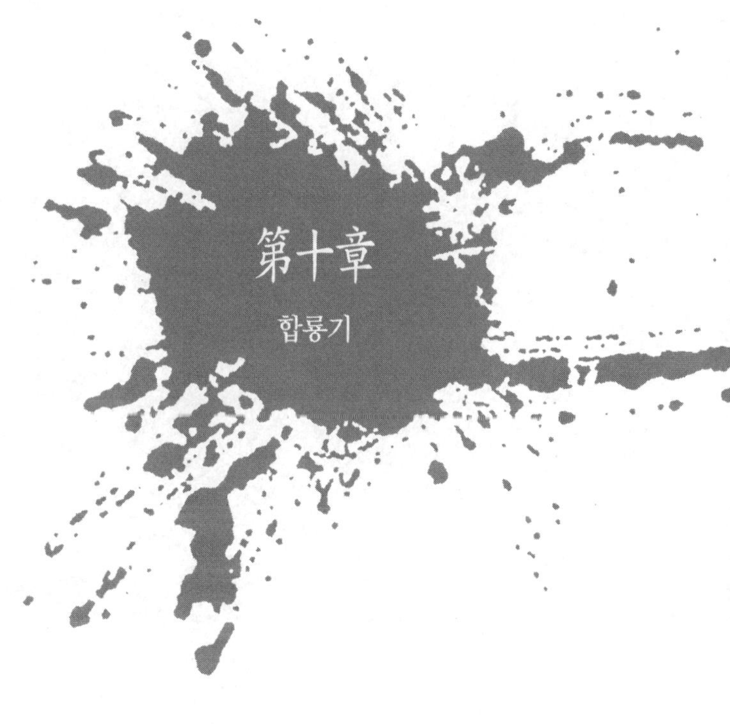
第十章
합룡기

　적룡기와 청룡기를 익힌 운현은 이제 그것을 융화하여 합
룡기를 만드는 데 박차를 가했다. 지금은 각각의 기운이 크지
않기 때문에 큰 충돌은 없었다.

　하지만 적룡기와 청룡기는 분명 상반되는 기운. 각각이 조
금씩 커진다면 분명 강한 충돌이 일어날 것이다.

　그렇게 되면 운현 스스로에게 어떤 위험이 발생할지 몰랐
다. 그전에 적룡기와 청룡기를 서로 융화하여 합룡기를 만드
는 것이 중요했다.

　"지금부터가 중요하다. 적룡기와 청룡기 모두 출기의 단계
에 들었으니, 이제 다음 단계에 들어야 한다."

"홍기의 단계를 말씀하시는 것입니까?"

운현의 물음에 정 노인이 고개를 저었다.

"조금 다르다. 그냥 처음에 적룡기를 익히거나 청룡기를 익힌다면 출기, 홍기의 단계를 따라가겠지만, 합룡기를 만들 때에는 그와는 다른 단계를 거쳐야 한다."

"그럼 무슨 단계입니까? 수련법도 지금까지와는 달라질 것 같은데요?"

"그렇지. 일단 적룡기와 청룡기를 각각 정기(定氣)의 단계에 들어야 한다."

"정기의 단계라고요?"

"그래. 청룡기와 적룡기는 서로 상극이다. 이것은 알고 있겠지."

"예."

"서로가 만나면 강한 충돌을 일으키게 되지. 아직은 그 기운들의 크기가 크지 않아 강한 충돌은 일으키지 않고 있지만, 조금 더 커지면 어찌 될지 모른다."

"그렇군요."

확실히 아직까지는 별 탈이 없다. 마치 어린아이들이 서로 어울려 잘 놀듯이.

"세상의 이치는 하나와 하나가 만나면 둘이 된다. 이는 불변의 법칙이지. 하지만 적룡기와 청룡기는 서로 만나면 무(無)가 되어버린다."

정 노인의 말에 운현은 고개를 끄덕였다.

"하지만 이 둘의 극성을 조화롭게 유지시켜 줄 수 있는 것이 바로 황룡이다. 너는 이미 황룡기를 익혔으니 큰 위험은 없을 것이다."

"다행이군요. 솔직히 지난번에 쓰러지고 난 다음에는 좀 겁나더군요."

"그건 네가 무식하게 수련을 했으니까 그런 것이고."

"하, 하!"

운현이 멋쩍게 웃었다. 그리고 이번에는 홍노가 계속해서 말을 이었다.

"적룡기나 청룡기는 커지면 커질수록 자신들의 자리를 잡아가려 한다. 황룡기가 중단전에 그릇을 만들고 적룡기와 청룡기가 그곳에서 시작을 하기는 하지만, 점점 시간이 흐를수록 그 좁은 공간에 만족하지 못한다. 하물며 서로 상극인 적룡기와 청룡기는 어떻겠느냐?"

"심하게 문제가 되겠군요."

"그렇지. 자칫하면 그릇이 깨질 수도 있다. 비명횡사하는 거지."

비명횡사라는 말에 운현이 몸을 한 번 부르르 떨었다. 합룡기 만드는 것이 이리 위험한 것인 줄 오늘 처음 알게 된 그다.

"청룡기의 경우에는 수(水)의 기운이 가장 충만한 신장(腎臟)에, 그리고 적룡기의 기운은 화(火)의 기운이 가장 충만한 심장(心臟)에 자리를 잡는다. 이는 사람들이 이리저리 떠돌다가 어느 한곳에 정착을 하는 것과 같다."

"그래서 정기(定氣)의 단계로군요."

"그렇다. 하지만 여기서 끝나는 것이 아니다."

"그렇습니까?"

"그래, 이 다음부터가 가장 위험하다."

"예?"

'도대체 위험하지 않은 때가 언제야?'

다 위험하다. 이제 앞으로의 수련은 언제 터질지 모르는 벽력탄을 품고 하는 것과 같았다.

"적룡기와 청룡기가 정기에 접어들게 되면 서로가 공존하려 하지 않는다. 그전까지는 서로를 탐색하는 과정이었을 뿐, 정기의 단계 이후에는 충돌이 일어난다. 그때에 가서 다시 중요한 역할을 하는 것이 황룡기다. 적룡과 청룡의 기운이 충돌을 일으키면 황룡의 기운이 나서서 그 충돌을 무마시킨다. 그 과정이 점차 반복이 되면서 세 기운이 서로 융화를 하게 된다."

충돌이 일어나고 황룡기가 중재하고. 그런 과정이 반복이 되어야만 세 기운이 융화한다. 이것은 죽을 고비를 여러 번 넘겨야 한다는 말과 같았다.

'하아… 깜깜하구나……'

운현이 작게 한숨을 쉬었다. 이에 아랑곳없이 홍노가 계속해서 말을 이었다.

"황룡기가 모든 것을 포용하는 기운인만큼 황룡의 기운 밑으로 적룡기와 청룡기가 모여든다. 그 두 개의 기운에 변화가 생기는 것이라 할 수 있지. 그렇게 해서 세 기운이 융화를 하게 되면 그것을 합룡기라고 한다."

기나긴 설명이 끝났다. 이야기를 다 듣고 나오는 것은 한숨뿐. 그리고 그것은 전부 운현이 짊어져야 할 책임과도 같았다.

"이제 앞으로는 알아서 해라. 말을 많이 했더니 피곤하구나."

이제 밖으로 나가 알아서 하라는 말이었다. 마치 과제 하나를 툭 던져 주고 알아서 풀어내라는 스승의 모습 같았다.

"알겠습니다. 이만 나가보겠습니다."

"그래, 고생해라."

"예."

운현은 밖으로 나왔다. 그리고 다시 한 번 한숨을 내쉬었다.

흥기의 단계가 아닌 정기의 단계라고 해서 딱히 다른 수련법이 있는 것은 아니었다.

어차피 내기(內氣)를 만드는 과정인만큼 이번에도 역시 명상과 운기가 주요 수련법이었다.

물론 그러는 동안 검법 수련도 결코 멈추지 않았다. 내기의 강함을 받쳐 줄 수 있는 적당한 초식, 태극검법의 수련은 필수였다.

운기를 한 번 할 때마다 운현은 굉장히 조심스러웠다. 아직까지는 청룡기와 적룡기가 충돌을 일으키지 않는다. 오히려 서로가 잘 어울려 노는 모습이었다.

하지만 가끔 서로 으르렁거릴 때면 가슴이 다 철렁하는 운현이다.

'젠장. 이거, 적진 한가운데에서 이놈들을 충돌시켜 자폭할 수도 없고……'

그냥 한 번 해본 생각이지만 충분히 효과는 있을 것 같기도 했다.

"이 둘을 적절히 비슷하게 수련을 해야 하는데 말이지……."

그것은 절대 쉬운 일이 아니다. 자칫 어느 한쪽이 커져 버리는 사태가 발생하면, 그 이후의 일은 감당할 수 없을 정도가 되어버릴 것이다.

외줄타기.

자칫 잘못하면 목숨을 잃을 수도 있는 힘겨운 외줄타기가 시작된 것이다.

"일단 한 시진씩이다. 한 시진씩 구결에 따라 운기를 해서 몸집을 불리고, 그런 다음 알아서 자리를 잡게 만들어야지. 그 방법밖에는……."

나름대로 생각을 하여 수련 방법을 찾았다. 그런 다음에는 곧바로 수련을 시작하였다.

"시작해 볼까?"

곧바로 가부좌를 틀고 앉는 운현이다. 처음은 적룡기부터다.

한 시진 후, 적룡기 수련을 마친 운현은 일각 정도 휴식을 취했다. 한 시진 운기한 것 가지고 크게 자라지는 않았지만 왠지 모르게 중단전이 꽉 찬 것 같은 포만감이 느껴졌다.

그렇게 일각 정도를 쉰 다음, 운현은 곧바로 청룡기 수련에 들어갔다. 약간 몸집 좀 불었다고 청룡기를 구박(?)하는 적룡기가 느껴졌기 때문이다.

그렇게 한 시진이 더 흘렀다. 운현은 눈을 떴다. 입가에 번지는 미소. 다행스럽게도 적룡기와 청룡기의 수준을 거의 똑같이 유지하는 데 성공한 것이다.

너무나 기뻤다.

언제 폭발할지 모르는 상황이기에 하루 더 목숨을 연장했다는 사실이 너무나도 기뻤다.

"살았다~!!"

두 손을 번쩍 들고 크게 외치는 운현이었다. 그에 악규영과 갈염천, 정미현 등이 나와서 그를 이상한 눈으로 바라보았다.

하지만 그런 그들의 시선에도 아랑곳하지 않고 생명 연장(生命年長)의 기쁨을 누리는 운현이었다.

곡해성은 마교를 완벽하게 장악했다. 이지를 제압당한 방일원은 그저 보여주기 위해 교주의 자리에 앉아 있었고, 실질적으로는 곡해성이 마교의 교주 자리에 앉아 있다 해도 과언이 아니었다.

마교를 장악한 곡해성은 육천룡문에 전서를 띄웠다. 이제는 그들이 밖으로 나와도 상관없었다.

푸드득!

백웅이 날아와 독고천의 팔에 앉았다. 다리에 묶여 있는 서찰을 끌러 읽은 독고천의 입가에는 미소가 번져 있었다.

"창아."

"예."

"회의 소집이다. 그렇게 알려라."

"알겠습니다."

단창이 회의 소집을 위해 밖으로 나갔고, 독고천은 곡해성을 생각하며 자랑스러운 눈빛을 보였다.

회의가 소집되고 여섯 노인이 한자리에 모였다. 곡해성이 중원으로 돌아가고 처음으로 모인 자리였다.

"오랜만의 회의로군. 성이에게서 서찰이 온 것인가?"

"그렇다네."

"가인이는, 가인이는 어떻다던가?"

"걱정 말게. 아무 일도 없다더군."

독고천의 말에 종리호는 안도의 한숨을 쉬었다. 하지만 곧바로 사나운 표정을 지으며 독고천을 노려보았다.

"만약 곡가, 그 녀석이 우리 가인이를 어떻게 하기라도 하면 내 가만 안 둘 것이야!"

"말 함부로 하지 말게!"

독고천도 기분이 상하여 종리호에게 소리쳤다. 둘 사이에 또다시 살벌한 기운이 소용돌이치고 있었다.

"그만들 하게. 다들 걱정이 되어서 하는 소리니. 그나저나 성이, 그 아이가 뭐라 하던가?"

"마교를 완전히 장악했다고 하더군. 이제는 중원으로 나와도 될 것 같다고 말이야."

"오! 그런가?"

회색 머리의 노인이 기쁜 표정으로 물었다.

"그렇다네. 이제 우리만 준비를 끝내고 나가면 된다네."

독고천의 말에 장내가 술렁거리기 시작했다. 몇 년을 이 어두컴컴한 애뇌산 계곡 속에서 살았다. 물론 햇빛을 못 보고 산 것은 아니지만 이곳을 벗어나고 싶은 마음이 불쑥불쑥 솟아오르는 그들이었다.

"그럼 속히 준비를 하도록 하지. 육천룡문 전체가 중원으로 나가는 것인가?”

“그래야겠지?”

“이곳과도 안녕이군.”

저마다 한마디씩 했다. 그래도 오랜 세월 생활했던 이곳을 떠나려니 조금 아쉬운 마음도 드는 것이리라.

“이틀. 이틀 후에 떠나는 것이 좋겠네. 그전에 모든 준비를 끝마쳐 주게.”

“그렇게 하지.”

“잠깐만.”

녹색머리노인이 잠시 흐름을 끊었다. 무언가 할 말이 있는 모양이었다.

“왜? 무슨 일인가?”

“우리 육천룡문의 인원만 해도 어마어마하네. 그런데 이 인원이 한꺼번에 움직이면 분명 이목을 집중시킬 거야.”

“어차피 상관없지 않은가? 강호 문파들은 우리의 상대가 되지 않아.”

“그것을 문제 삼는 것이 아니네.”

“그럼?”

녹색머리노인의 말에 백발노인이 물었다.

“관(官)이 문제이지.”

“관? 내가 듣기로는 강호와 관은 서로 불가침(不可侵)이라고 하던데?”

"하지만 이렇게 많은 인원이 대규모로 이동을 하면 신경이 쓰일 수밖에 없지. 될 수 있으면 큰 이목을 끌지 않게 이동하는 것이 좋아."

"그럼 어떻게 하자는 말이야?"

종리호가 급하게 물었다.

"너무 서두르지 말고 준비가 끝나는 쪽부터 차례차례 움직이지. 물론 그 인원도 무시 못할 인원이기는 하지만, 한꺼번에 이동하는 것보다는 훨씬 나을 것이네."

녹색머리노인의 말에 다들 고개를 끄덕였다. 관과는 직접적으로 부딪치지는 않겠지만, 만약 귀찮은 일이라도 벌어지면 낭패였다.

"그렇게 하지. 그럼 준비가 끝나는 대로 마교가 있는 곳으로 출발하게. 그곳이 우리 육천룡문의 기점(起點)이 될 것이야."

백발노인의 말에 나머지 노인들이 고개를 끄덕였다. 드디어 중원으로 진출하는 육천룡문이다.

운현이 정기의 단계로 이르기 위해 수련을 시작한 지 벌써 한 달이 지났다. 그동안 위험한 외줄타기를 계속해 왔기에 이제 어느 정도 숙달이 되어서 꽤 여유가 생긴 운현이다.

그렇게 한 달을 수련한 결과, 적룡기과 청룡기의 몸집은 꽤나 불어 있었다.

운현의 중단전은 황룡기가 자리를 잡았던 곳이기에 그 크기가 커서 아직까지는 여유롭지만, 이 정도 속도라면 한 달 정도 뒤에는 중단전이 꽉 찰 정도로 성장할 것 같았다.

"어때요, 수련은?"

"많이 늘었어요. 이제는 제법 묵직한 기운이 느껴지는걸요."

"그래요? 다행이네요."

정미현의 말에 운현이 미소를 지었다. 자신도 처음 수련을 시작할 때 엄청 긴장했지만 지금은 그렇지 않았다. 말 그대로 아무런 일도 일어나지 않아 다행이었다.

"어르신들은 뭐 하고 계세요?"

"그냥 또 앉아서 담소를 나누고 계세요."

"심심하지도 않으신가……."

"그래도 세 분이 모여 계시면 끊임없이 웃음소리가 나던걸요?"

"아, 그러고 보니 정 소저의 수련은 어때요? 요즘에도 수련해요?"

"…아니요."

"왜요?"

"이래저래 시간이 없어서 못하게 됐네요."

정미현의 말에 운현은 그녀가 자신에게 시간을 빼앗기는 것 같다는 생각을 했다.

수련을 끝마칠 때면 어김없이 나타나는 그녀였다. 그 말은 자신이 수련하는 동안 멀리서나마 지켜보고 있었다는 말과 같았다.

'이제야 알다니……'

"미안해요. 저 때문에……."

"네? 무슨 말이에요?"

"제가 수련할 때마다 항상 지켜보고 있었죠? 다른 일 하는 것 없이."

"그게……."

마치 치부를 들키기라도 한 것처럼 얼굴을 붉히는 그녀. 그런 그녀의 모습에 운현이 다시 미소를 지으며 입을 열었다.

"앞으로는 그렇게 하지 않아도 돼요. 힘든 수련도 없으니까요. 가끔은 저랑 함께 수련해요."

"그럴게요."

정미현도 웃으면서 대답했다.

적룡기와 청룡기의 몸집이 어느 정도 커지자 각각의 성장 속도는 점점 더 빨라졌다. 중단전 그릇이 꽉 차는 것을 한 달 정도로 예상했는데, 그것보다 보름 정도는 앞당겨질 것 같았다.

게다가 공간이 좁아졌기 때문인지 두 기운의 움직임은 점점 줄어들었고, 두 기운 사이에 팽팽한 긴장감 같은 것이 흐르는 것 같았다.

그에 운현도 덩달아 긴장하기 시작했다. 이런 상황에서 마음 놓고 여유를 부리다간 어느 한순간 폭삭 무너지기 십상이다.

운현은 느낄 수 있었다.

지금 이 순간이 합룡기로 가는 길목에서의 첫 번째 위기라는 것을.

"흐읍!"

운현이 숨을 크게 들이마시고는 눈을 감았다.

중단전에 자리 잡은 거대한 적룡기와 청룡기. 출기의 단계에 처음 들었을 때의 느낌이 마치 어린 소년과 같은 느낌이었다면, 지금은 철든 성인을 대하는 듯한 느낌이었다.

'이걸 어찌 건드린다?'

이제는 건드리는 것도 부담스러울 정도로 커져 버린 적룡기와 청룡기다.

하지만 여기서 운현이 제대로 손을 쓰지 못한다면, 운현 스스로가 그 기운에 휘둘리게 될 가능성이 컸다.

그렇게 되면 폭주와 주화입마 등의 위험이 생길 가능성이 컸다.

'그렇게는 안 되지!'

운현은 이를 악물었다. 그리고는 천천히 적룡기를 이끌

었다. 순순히 끌려오는 적룡기. 그런데 그때, 문제가 생겼다.

적룡기를 중단전에서 거의 다 끌어내는 순간, 청룡기가 그 뒤에 붙어 따라왔다. 이런 경우는 한 번도 없었기에 운현은 적잖이 당황했다.

'이, 이런!'

점점 더 속도를 높여 따라붙는 청룡기. 그에 운현 역시 적룡기를 더욱 빠르게 움직였다.

'이젠 지겹다!'

이러는 것이 벌써 몇 번째였던가.

세 번째. 이력이 날 만도 하지만 아주 질색이었다. 이런 경우는!

하지만 어쩌겠는가. 속도를 높어 따라오는 청룡기가 적룡기와 충돌을 일으키면 벌어질 상황은 불 보듯 뻔한데.

운현은 필사적으로 직룡기를 몰았다.

온몸을 한 바퀴 돌고 두 바퀴 돌면서 적룡기와 청룡기의 몸집은 점점 불어났다.

지금까지와는 차원이 다른 속도로 불어나는 적룡기와 청룡기. 운현으로서도 점점 감당하기가 어려워지고 있었다.

'큭! 중단전이 깨지겠어!'

이대로 계속 커지게 되면 중단전을 거치기만 해도 중단전이 무너져 버릴 것 같았다.

그 정도로 적룡기와 청룡기는 커져 가고 있었다.

하지만 좋은 점도 있었다.

기가 커짐에 따라 혈도 역시 점점 넓어지고 있었다. 많은 양을 감당하려니 당연한 결과라 할 수 있었다.

'큭! 이대로는 안 돼!'

감당하기 어려운 수준까지 와버렸다. 여기서 한 바퀴 더 돌고 더 커진다면, 운현은 적룡기와 청룡기를 제어할 수 없게 되어버린다.

그렇기에 운현이 떠올린 것은 적룡기와 청룡기를 각각 심장과 신장으로 이동시키는 것이었다.

정기의 단계에 들면 각각의 기운과 합치하는 장기로 이동한다 하였으니.

운현의 생사를 건 운기가 시작되었다.

"뭐, 뭐야!"

"그러게. 뭐지?"

"음……."

홍노와 정 노인, 그리고 청노는 산 위쪽에서 느껴지는 엄청난 기운에 깜짝 놀랐다.

이는 정미현과 악규영, 갈염천도 느낄 수 있을 정도로 굉장히 강력한 것이었다.

"저곳은 운현이 올라간 곳이군."

"설마!"

청노의 말에 홍노의 눈이 부릅떠졌다.

"자칫하면 위험할 수도 있겠어."

"가봐야겠다!"

홍노가 운현이 운기하고 있는 곳으로 뛰어 올라갔다. 그리고 정 노인 역시 그 뒤를 따랐다.

"사부님."

악규영이 청노를 바라보았다. 정미현과 갈염천은 이미 정 노인과 홍노의 뒤를 따라 올라간 상태였다.

"우리도 가보자꾸나. 하지만 운현, 그 아이가 위험에 처한다 한들 우리가 도움을 줄 수 있는 부분은 없다."

매정하게 들릴 수도 있는 말이다. 하지만 청노는 솔직하게 말하면 했지 돌려 말하거나 좋게만 말하는 성격은 못 되었다.

청노가 산 위쪽으로 발걸음을 떼었고, 그 뒤를 악규영이 따랐다.

홍노와 정 노인, 청노, 그리고 정미현과 갈염천, 악규영이 올라가서 본 운현의 모습은 아무렇지도 않았다.

공터의 정중앙에 앉아서 운기를 하는 운현의 모습은 아무 이상이 없어 보였지만 그의 몸에서 느껴지는 가공할 기운은 실로 엄청난 것이었다.

“지금이 가장 위험한 순간인 것 같다.”

“지금이요?”

“그래.”

정 노인의 말에 정미현이 깜짝 놀라 운현을 바라보았다. 겉으로 보기에는 아무렇지도 않아 보였기 때문이다.

물론 땀이 조금 흐르고는 있었지만 그 정도는 아무것도 아니라 생각하는 그녀다.

“운현이 땀을 흘리는 것만 보아도 알 수 있지.”

홍노의 말에 정미현은 그것이 무슨 상관이냐는 듯 그를 바라보았다.

“생각해 봐라. 운현은 적룡기와 청룡기를 익혔어. 두 가지 기운을 동시에 가지고 있지. 운현은 이미 한서불침이야. 그런데 땀을 흘리고 있다는 것은 내부의 일 때문이겠지.”

정미현은 운현이 한서불침이라는 사실을 간과하고 있었다. 홍노의 말에 그것을 새삼 깨달은 정미현은 걱정스런 눈빛으로 운현을 바라보았다.

“너무 걱정 마세요.”

갈염천이 다가와 그런 그녀에게 용기를 불어넣어 주었다.

“고마워요.”

갈염천을 보며 미소 짓는 정미현이었다.

겉에서 보이는 것과 달리 운현의 지금 굉장히 심각한 상황에 놓여 있었다. 적룡기와 청룡기를 각각 심장과 신장으로 이동시키려 하였지만, 그것이 마음먹은 대로 잘 되지를 않았다.

적룡기를 심장 쪽으로 이끌면 청룡기가 따라왔다. 게다가 지금은 청룡기만 따로 이동시킬 수 있는 상황도 아니었다.

이러지도 저러지도 못하는 상황.

'모험이다!'

결국 운현은 한 가지 방법을 생각해 내었다. 적룡기를 운기하면서 적룡기와 청룡기 사이에 태극진기를 끼워 넣는 것이었다.

그리하여 적룡기를 심장으로 이동시킨 다음에 곧바로 태극진기를 움직여 청룡기가 그 뒤를 따르게 만드는 것이다.

문제는 두 가지였다.

적룡기와 청룡기 사이에 태극진기를 끼워 넣을 수 있느냐가 첫 번째 문제이고, 두 번째 문제는 청룡기가 과연 태극진기의 뒤를 따를 것이냐란 것이다.

만약 첫 번째 문제가 해결이 안 된다면 정말 목숨이 위험해지는 상황이고, 그것이 해결된다고 해도 두 번째 문제에서 어찌 될지는 아무도 모른다.

'한 번 해보는 거야!'

운현이 결심했다. 그리고는 곧바로 적룡기를 하단전 쪽으로 몰아갔다.

하단전의 크기는 중단전에 비해서 크다. 태극진기가 있기는 하지만 그 넓은 공간을 다 채우진 못했다.

게다가 계속된 운기로 적룡기와 청룡기까지 돌아다녔기에 그 크기도 더 커져 있었다.

'지금!'

적룡기가 하단전을 지나가고, 운현은 적룡기와 청룡기 사이에 벌어진 틈으로 태극진기를 밀어 넣었다.

'일단은……!'

극히 짧은 시간이었고, 그 틈이 많지 않았기에 많은 양의 태극진기를 끼워 넣을 수는 없었다. 하지만 그 사이에 태극진기를 끼워 넣었다는 사실이 중요했다.

한 번에 안 되면 두 번, 세 번을 하면 된다. 그렇기에 운현은 조급하게 생각하지 않고 다시 한 번 태극진기를 끼워 넣는 시도를 반복했다.

그렇게 하기를 다섯 번. 운현은 상당량의 태극진기를 적룡기와 청룡기 사이에 끼워 넣을 수 있었다.

'됐다!'

이제 남은 것은 적룡기를 심장으로 인도한 다음 태극진기로 청룡기를 유인하여 신장으로 이동시키는 것이었다.

'제발……!'

적룡기를 심장 쪽으로 이동시키면서 제발 자신의 시도가 성공하기를 간절히 바라는 운현이었다.

운현이 적룡기와 청룡기의 자리 찾기를 시도하면서 겉으로 보이는 운현의 모습도 바뀌었다.

처음에는 그저 땀만 조금 흘렸을 뿐 표정 등에 별다른 변화가 없던 운현이었지만, 지금은 인상이 찌푸려져 있었다.

무언가 굉장히 고통스럽고 힘들어하는 모습.

운현의 곁에서 지켜보고 있는 사람들로 하여금 불안감을 증폭시키게 하는 모습이었다.

"아무래도 안 되겠어. 홍노! 청노!"

"알았다."

"그래!"

정 노인과 홍노, 청노가 운현의 상태를 살펴보기 위해 가까이 다가갔다.

쉬이익!

파악!

운현에게 조금 더 가까이 다가갔을 때였다. 갑자기 무언가가 날아와 세 명의 앞을 지나더니 땅에 깊숙이 박혔다.

"구, 구룡검!"

홍노가 놀라 소리쳤다. 갑자기 날아와 그들의 길을 막은 구룡검.

이런 경우는 난생처음이었다.

이기어검(理氣御劍)이 아니라 검 스스로가 날아오다니. 이건 무슨 경우란 말인가?

"가만히 놔두라는 말인가?"

정 노인이 중얼거렸다. 그에 정 노인과 홍노, 청노는 운현을 바라보았다.

운현의 표정은 아직도 힘겨운 표정이었다.

'견뎌내야 한다.'

정 노인이 속으로 중얼거렸다.

'거의 다 왔다!'

적룡기를 이끌고 있는 운현은 심장에 가까워지면서 점점 더 긴장하기 시작했다. 심장에 도착하는 것보다 그 이후가 더 중요한 것이기 때문이었다.

'지금!'

적룡기가 심장에 들어가는 순간, 운현은 적룡기에서 손을 떼고 태극진기를 움직였다.

운현의 손을 떠난 적룡기는 안전하게 심장에 똬리를 틀었다. 천만다행이라 할 수 있었다.

문제는 그 다음. 과연 청룡기가 태극진기를 따라올 것인가가 문제였다.

'따라와라!'

운현이 소리쳤다. 청룡기가 태극진기에 따라주기만 한다면 구 할 이상은 성공한 것이라 봐도 무방했다.

태극진기가 심장 부근을 빠져나가는 순간!

‘됐다!’

다행스럽게도 청룡기는 심장에 똬리를 튼 적룡기는 무시한 채 눈앞에 있는 태극진기에 관심을 두었다.

안도감을 느끼는 운현.

이제는 청룡기를 신장 부근으로 옮겨놓기만 하면 되는 것이었다.

‘끝까지 긴장을 늦추지 않는다.’

긴장을 늦출 수가 없었다. 언제 청룡기가 변덕을 부릴지 알 수 없었기 때문이다.

사실 청룡기의 특성상 그럴 가능성은 거의 없다고 봐야 했지만, 한 번 크게 데인 적이 있는 운현으로서는 당연한 반응이었다.

태극진기의 뒤를 얌전히 따라 움직이는 청룡기.

그리고 태극진기가 신장 부근을 지나는 순간, 청룡기는 적룡기와 마찬가지로 신장에 똬리를 틀었다.

장장 한 시진 반에 걸친 생사를 건 운기가 끝나는 순간이었다.

두 기운을 각각 심장과 신장에 안전하게 모셔다(?) 준 운현은 눈을 떴다.

눈을 통해 들어오는 햇빛이 이렇게 반가울 수가 없었다.

“휴우…….”

한숨을 내쉬는 운현. 하지만 그의 입가에는 미소가 번져 있었다.

“운현!”

눈을 뜬 운현에게 가장 먼저 달려간 것은 정미현이었다.

와락!

“저, 정 소저!”

운현은 자신에게 달려와 안기는 정미현에 얼굴을 붉혔다. 운현의 몸은 온통 땀으로 범벅이 되어 있었지만 그녀는 그런 것에는 전혀 신경 쓰지 않는 것 같았다.

둘이 있을 때에도 쑥스러워서 하지 못하는 포옹이건만, 사람들이 다 있는 앞에서 하니 운현의 쑥스러움이 절정에 달했다.

“괜찮아요? 괜찮은 거죠?”

운현에게서 조금 떨어진 정미현이 운현을 보며 물었다. 눈가에는 눈물이 맺혀 있었다.

“그럼요. 걱정 말아요. 이제 괜찮… 어?”

“어?”

운현도 정미현도 놀랐다. 운현은 갑자기 세상이 옆으로 기울어서 놀랐고, 정미현은 운현이 갑자기 옆으로 기울어서 놀란 것이다.

털썩!

“운현!”

그대로 땅바닥에 옆으로 누워버리는 운현. 그리고 그대로 눈을 감아버렸다.

“운현!”

정미현이 너무 놀라 운현을 불렀다. 눈앞에서 사람이 쓰러졌으니 당연했다.

“잠깐, 잠깐 좀 보자꾸나.”

운현이 쓰러지는 모습에 정 노인이 재빨리 달려와서는 운현의 상태를 꼼꼼히 살피기 시작했다.

“하아… 너무 걱정 말아라. 잠이 든 것뿐이니.”

“다행이네요.”

정미현뿐만 아니라 홍노와 청노, 악규영과 갈염천도 안도의 한숨을 내쉬었다.

“자, 내려가자.”

정 노인이 운현을 안아 들자 재빨리 갈염천이 달려와 등을 보였다. 운현을 업겠다는 의미였다.

정 노인은 조심스럽게 운현을 갈염천의 등에 올렸다. 그리고 그들은 집으로 내려갔다.

그날 저녁, 운현은 눈을 떴다. 지금까지 쓰러진 날 중 가장 빨리 깨어난 것이었다.

다음날 아침이나 되어야 일어날 줄 알았던 사람들은 운현이 저녁때부터 일어나서 어슬렁거리고 돌아다니자 약간은 신기한(?) 눈으로 그를 바라보았다.

“벌써 일어났어요?”

"그 말투는 왠지 '왜 벌써 일어났어요?' 같은 느낌이 나는데요?"

"에이, 설마요. 호호."

운현의 말에 정미현이 입을 가리고 웃었다. 하지만 속으로는 뜨끔했다. 그런 의미도 조금은 섞여 있었기 때문이다.

"배가 고프네요. 일단 저도 밥 좀 먹어야겠어요."

"저… 그게……."

"왜요?"

곤란한 표정을 지으며 말을 제대로 하지 못하고 있는 정미현을 보며 운현이 물었다.

"밥이… 없어요……."

"네에?"

"내일에나 일어날 줄 알고……."

"이럴 수가!"

꾸르르륵!

그와 동시에 운현의 배에서 엄청난 소리가 났다. 배가 많이 고프기는 한 모양이었다.

그 소리에 정미현은 더욱더 미안한 표정을 지었다.

"미안해요! 지금이라도 빨리할게요."

"아, 괜찮아요. 그냥 간단하게 사냥이라도 해서 구워 먹죠."

"그래도……."

"고기 먹는 거니까 괜찮아요. 고기는 소화가 잘되니까."

운현이 웃으면서 집 밖으로 나갔다. 산속에 있으니 사냥 하는 것쯤은 어렵지 않은 일이었다.

"토끼나 한 마리 잡아야겠다."

꼬르르르륵!

다시 한 번 들려오는 소리. 그에 운현이 뒤에 말을 덧붙였다.

"이왕이면 살이 좀 통통한 놈으로."

배가 많이 고픈 운현이었다.

한 식경 정도가 지나서 다시 집으로 돌아온 운현의 손에는 토끼 두 마리가 들려 있었다.

통통한 놈으로 한 마리 잡으려 했는데 마땅히 눈에 들어오지 놈이 없어 두 마리를 잡아온 것이었다.

토끼를 잡고 집 안으로 들어간 유현은 정 노인과 홍노, 청노가 식탁에 앉아 있는 것을 볼 수 있었다.

"이리 와서 앉아봐라."

"예."

정 노인의 말에 운현은 토끼를 한쪽에 놓아두고는 식탁에 가서 앉았다.

정말로 심하게 배가 고팠지만, 그렇다고 정 노인의 말을 거스를 수는 없었다.

"그래, 아까는 어찌 된 상황이냐?"

"아까요? 아!"

“그래, 아까. 잠들기 전에 말이다.”

“그것이… 말씀을 드리자면 좀 깁니다.”

“들려다오.”

“예. 일단 결과적으로 말씀을 드리면, 정기의 단계에 들어섰습니다.”

“오!”

운현의 말에 세 노인이 대단하다는 표정으로 운현을 바라보았다. 자신들의 예상보다 빨랐던 까닭이다.

“하지만 분위기가 심상치 않던데?”

“예, 위험했지요. 자연스럽게 정기의 단계에 든 것이 아니라 제가 억지로 만든 것이나 다름이 없으니까 말입니다.”

“억지로?”

“그런 것이 가능했단 말인가?”

운현의 말에 홍노와 청노가 놀란 표정으로 운현을 바라보았다.

“예. 처음에는 그저 가볍게 운기를 하기 위해 적룡기를 끌었습니다. 그런데 갑자기 청룡기가 뒤따르는 것 아니겠습니까?”

“청룡기가?”

“예. 처음에는 천천히 따라오는 것 같았기에 별다른 생각이 없었는데, 점점 따라오는 속도가 붙는 겁니다. 그때부터 목숨을 건 추격전이 시작된 것이죠.”

“음…….”

"그것만이었다면 조금 덜 위험했을 수도 있습니다. 하지만 한 바퀴, 두 바퀴 돌면서 적룡기와 청룡기가 기하급수적으로 커지기 시작하더니, 조금 더 커지면 중단전이 깨질 위험까지 갔었습니다."

"중단전이 깨질 정도까지 커졌다고?"

"예. 조금만 더 늦었다면 깨졌을 겁니다."

"그래서? 그 다음은?"

홍노가 궁금증을 참지 못하고 운현을 재촉했다. 그에 청노가 홍노에게 눈을 흘겼다.

"그래서 적룡기와 청룡기를 각각 심장과 신장으로 옮겨놓으려 한 것입니다. 하지만 적룡기가 심장에 자리를 잡고 청룡기가 떨어져 나갈 것이냐가 문제였죠. 그래서 생각해 낸 방법이 태극진기입니다."

"태극진기?"

"예. 적룡기와 청룡기의 사이에 태극진기를 끼워 넣은 것이지요."

"하지만 그것만으로는 해결이 안 되었을 텐데?"

"물론입니다. 그래서 일단 적룡기를 심장 쪽으로 이끌었고, 그 뒤를 태극진기와 청룡기가 따라왔지요. 그리고 적룡기가 심장에 자리를 잡는 순간, 재빨리 태극진기를 이용하여 청룡기를 끌었습니다."

"따라오던가?"

"다행히도 따라오더군요. 그땐 너무 다행스러워서 하마터면 긴장을 늦출 뻔했습니다. 그 다음에 어찌 될지 모르는 상황에서 긴장을 늦추는 것은 위험한 일이지요."

"그렇지."

"그렇게 해서 청룡기까지 신장으로 옮겨놓은 다음에야 운기를 끝내고 눈을 뜰 수 있었던 겁니다."

듣는 동안 손에 땀이 다 밴 세 노인이었다.

"옆에서 보는 동안 우리도 진땀을 뺐다네."

"그러셨습니까?"

"그래. 특히 자네의 얼굴 표정이 심각하게 변했을 때에는 우리가 나서서 상태를 확인하려 했다네."

"그러셨습니까?"

"그랬지. 그런데 그 순간, 놀라운 일이 벌어졌다네."

"놀라운 일이요?"

"한쪽에 있던 구룡검이 갑자기 우리들을 막기라도 하는 것처럼 우리의 앞을 한 번 스쳐 날아가더니, 그대로 자네와 우리 사이의 땅에 박혔다네. 그것을 보고 우리는 자네에게 다가갈 수 없었지."

"그런 일이……!"

운현도 놀라 벌어진 입을 다물지 못했다. 설마 그런 일이 있었을 것이라고는 전혀 생각하지 못한 운현이었다.

"지금 구룡검은 어디에 있습니까?"

"아직 그 자리에 꽂혀 있을 것이네. 우리도 자네가 갑자기 잠이 드는 바람에 경황이 없어 그냥 두고 왔다네."

"그렇습니까? 한번 가봐야겠습니다."

"그렇게 해라. 그리고 저 토끼는……."

홍노가 운현이 잡아온 토끼 두 마리를 바라보며 입을 열었다.

"내가 맛있게 요리해 놓고 있을 테니 어서 다녀와."

"감사합니다."

어느새 배고픔도 잊은 운현이었다. 그는 자리에서 일어나 구룡검이 꽂혀 있는 공터로 올라갔다.

공터에 도착한 운현은 자신이 수련하던 자리 근처에 반절 이상 박혀 있는 구룡검을 볼 수 있었다.

지금껏 구룡검을 하루 이틀 봐온 것이 아니었지만, 오늘 구룡검을 보는 운현의 마음은 전까지와는 조금 달랐다.

"주인이기 때문인가?"

턱.

운현은 중얼거리며 구룡검을 잡았다. 그리고는 손에 힘을 주었다.

"흐읍!"

쿠구구구!

기합과 함께 땅에서 구룡검을 뽑아내는 운현. 강하고 깊게

박힌 것이라 보통 사람이 뽑으려 했다면 아무리 힘을 써도 어려웠겠지만, 운현은 쉽게 구룡검을 뽑았다.

조금의 흙도 묻어 있지 않은 구룡검. 운현은 구룡검을 바라보았다.

"고맙다."

언제부터인가 구룡검을 그저 무인이면 누구나 들고 다니는 그런 보통 검과 같이 생각하고 있었다.

그런데 구룡검은 처음의 그 결정과 마찬가지로 자신을 주인으로 생각하고 있었다.

새삼 구룡검을 다시 생각하게 된 운현이었다.

다음날부터 운현은 합룡기를 만드는 작업에 착수했다. 사실 정기의 단계에 든 지금, 운현이 인위적으로 해야 할 수련이 있는 것은 아니었다.

하지만 운현의 성격상 아무 일도 하지 않고 가만히 있는 것은 맞지 않아 운기라도 하려는 참이었다.

게다가 또 누가 아는가? 정기의 단계에 들 때처럼 인위적으로 무언가를 할 수 있을지도 몰랐다.

그렇지만 운현이 운기를 한 지 열흘이 넘도록 청룡기와 적룡기의 충돌은 없었다.

각각 심장과 신장에 자리를 잡고 앉은 후부터는 그곳이 너무 편한 듯 움직일 생각을 하지 않고 있었다.

둘이 서로 충돌을 하고 황룡기가 작용을 하여야 합룡기를
이룰 수 있는데, 두 기운이 충돌할 기미조차 보이지 않고 있
는 것이었다.

'그럴 수는 한 가지뿐이다.'

무언가 결심한 듯 운현은 결연한 표정을 지으며 수련을 위
해 공터로 올랐다.

안 되면 되게 하라.

운현은 적룡기와 청룡기가 충돌할 생각이 없다면, 억지로
움직이게 만들어 충돌을 일으킬 생각이었다.

심장과 신장의 거리가 먼 만큼 어떻게 해서든 움직여 둘
의 거리를 가깝게 붙여놓으면 된다는 것이 운현의 생각이었
다.

운현은 일단 적룡기와 청룡기를 중단전으로 끌어다 놓을
생각이었다. 물론 두 기운의 몸집이 커져 중단전에 오래 머물
게 할 수는 없었지만, 둘을 만나게 하기에는 중단전만큼 좋은
곳이 없었다.

운현은 천천히 적룡기를 이끌었다. 그리고 중단전에 가까
워졌을 때 즈음, 이번에는 청룡기를 이끌었다.

중단전을 향해 가는 두 기운.

중단전에 가까워질수록 서로의 기운을 느끼고 살짝 반응
을 보이는 청룡기와 적룡기였다.

쏴아악!

서로를 향해 빠른 속도로 달려드는 적룡기와 청룡기. 정기의 단계에 들고 난 이후 처음 충돌하는 두 기운이다.

'크아악!'

운현은 입을 앙다문 채 속으로 비명을 질렀다. 운기 중에 입을 벌릴 순 없었기 때문이다.

하지만 두 기운의 충돌로 인한 고통이 엄청남에도 입을 벌리지 않았다는 건, 실로 대단하다 할 수 있는 일이었다.

그때, 중단전에 녹아 있던 황룡의 기운이 움직임을 보였다.

단단한 그릇을 만들고 있던 황룡기가 점점 유해지더니 서로를 보며 마구 싸우는 청룡기와 적룡기를 감쌌다.

마치 싸우는 아이들을 보듬는 어머니의 품처럼.

황룡기가 적룡기와 청룡기를 감싸자 고통은 언제 그랬냐는 것처럼 순식간에 사라졌다. 마치 둘의 충돌이 먼 세상의 이야기인 것 같은 생각이 들 정도였다.

그렇게 잠시의 시간이 지나자 황룡기가 서서히 사라지는 느낌을 받았다.

다시금 중단전에 그릇을 만들기 시작한 것이었다.

그리고 드러난 적룡기와 청룡기. 방금 전의 충돌은 마치 거짓말 같았다. 너무나도 얌전하게 변한 적룡기와 청룡기였다.

그렇게 잠시 중단전에 머물던 적룡기와 청룡기가 다시금

심장과 신장으로 돌아갔다.

그들이 각각 자리를 잡는 것을 확인한 운현은 눈을 떴다. 첫 번째 충돌. 꽤나 견디기 힘든 고통을 경험한 그였다.

"이거… 앞으로 죽지 않으려면 빨리 합룡기를 익혀야겠어."

굳게 다짐하는 운현이었다.

운남 애뇌산에서 중원으로 나온 육천룡문의 무리들이 속속 사천 백옥으로 모여들기 시작했다.

그곳은 마교 총단이 있는 곳. 앞으로 육천룡문의 중원 진출의 기점이 될 곳이기도 했다.

역시 가장 먼저 도착한 사람은 독고천과 단창이었다. 그리고 그를 따르는 심백에 가까운 무사들.

오랜만에 마교 내의 분위기에 생기가 돌았다.

"수고하셨습니다."

"수고라고 할 것까지야 뭐 있겠느냐. 그런데 가인이, 그 아이는 왜 안 보이느냐?"

"가인이는 지금 이곳에 없습니다."

"응? 어디 심부름이라도 보낸 것이냐?"

"그것이 아닙니다."

"그럼?"

"소담의 복수를 하겠다고 떠났습니다."

“뭐라!”

독고천이 너무 놀라 곡해성을 빤히 바라보았다. 초가인이 익힌 기술이 무엇인지는 잘 안다. 무공도 무공이지만 살수 못지않은 은신과 기척을 죽이는 데에 발군이다.

하지만 운현을 상대로는 힘들 터. 그런 것을 모를 리 없는 곡해성이 그녀를 보낸 것이다.

“혼자 보낸 것은 아니겠지?”

“혼자 보냈습니다.”

“뭐라!”

독고천의 눈이 더욱더 커졌다. 종리호가 이 사실을 알면 분명 곡해성이든 독고천이든 단창이든 셋 중에 한 명을 죽이려 들 것이었다.

“이를 어찌할 셈이냐! 지금까지는 내 무슨 수를 써서든 너를 두둔했다만, 이번 일은 어쩔 수가 없다!”

화가 난 듯 독고천이 몸을 돌려 버렸다. 깜깜했다. 아무리 사랑하는 제자라고 해도 이번 일은 어떻게 감싸줄 만한 문제가 아니었다.

“이제 며칠 있으면 종리호도 이곳에 도착할 것이다. 어떻게 할 것이냐!”

몸을 돌린 채로 묻는 독고천. 그에 곡해성이 미소를 지으며 답했다.

“걱정 마십시오. 그 아이는 살아서 돌아올 것입니다.”

“뭐?”

곡해성의 장담에 독고천이 무슨 소리냐는 듯 몸을 돌려 그를 바라보았다.

하지만 곡해성은 그에 대한 부연 설명은 해주지 않고 그저 확신에 찬 미소만 지을 뿐이었다.

그 후, 운현은 이틀에 한 번씩 청룡기와 적룡기를 움직였다. 중단전에서 충돌을 일으키게 하는 운현. 하지만 그 고통은 몇 번을 겪어도 무뎌지지가 않았다.

충돌이 끝나고 나면 방금 전에 받았던 고통 등이 싹 사라지기는 했지만, 운현에게 그 정도의 고통은 합룡기에 대한 열망을 한풀 꺾이게 만들었다.

그렇기 때문에 이틀에 한 번씩 하는 것이었다. 하루 정도 휴식을 취하면서 충전의 시간을 갖는 것이었다.

그렇게 오늘도 운현은 충돌을 만들어내고 있었다. 오늘로 벌써 스무 번째였다.

‘큭!’

적룡기와 청룡기가 충돌을 일으켰다. 한 번, 두 번, 세 번…… 몇 번의 부딪침에 운현은 혼이 쏙 빠져나갈 정도였다.

‘오늘은 왜 이리 오래 걸리는 것이냐!’

여느 때 같았으면 황룡기가 움직이고도 남았어야 할 시간이다. 그런데 황룡기는 둘의 충돌에는 별로 관심이 없다는 듯 아무런 움직임도 보이지 않고 있었다.

'이, 이제… 하, 한계다……!'

엄청난 고통에 운현의 의식이 점점 흐려져 갈 때 즈음, 드디어 황룡기가 움직이기 시작했다.

하지만 지금의 운현은 황룡기가 움직였다는 사실도 제대로 인식하지 못할 만큼 위험한 상황이었다.

스스스.

황룡기가 적룡기와 청룡기 사이를 파고들었다. 둘을 갈라 놓으려는 것 같았다.

그런 황룡기의 의도대로 서로 떨어지는 적룡기와 청룡기. 하지만 지금까지와는 조금 다른 움직임을 보였다.

황룡기가 두 기운의 사이를 가르고 들어오자 양쪽으로 갈라진 적룡기와 청룡기가 순간 황룡기를 덮쳐 갔다.

순식간에 엉켜드는 황룡기와 청룡기, 적룡기.

황룡기를 제압하려는 적룡기와 청룡기. 그리고 그 둘을 뿌리치려는 황룡기.

서로 간에 몸싸움이 일어나고 있었다.

말도 못할 고통. 의식의 끈을 완전히 놓고 있지 않은 운현이 대단하다 해야 할 것이었다.

세 기운의 싸움은 언제 끝날 줄을 몰랐다. 마치 이 싸움이 영원히 계속될 것처럼 치열했다.

하지만 하늘은 그런 것을 원치 않는지 세 기운에 점점 변화가 생기기 시작했다.

세 마리의 용이 얽히고설켰다.

어떤 것이 어느 기운이고, 어떤 것이 어떤 기운인지조차 구별하기가 어려운 상황. 세 기운이 점차 하나가 되는 듯 보였다.

파앗!

그러더니 갑자기 운현의 내부에서 밝은 빛이 폭사되었다. 그것을 제대로 보았다면 실명하였을지도 모르는 엄청나게 밝은 빛이었다.

잠시 후, 그 빛이 사라지고 한 마리의 용이 그 자리에 있었다. 백색? 은색? 말 그대로 '빛' 의 용이었다.

쿠오오오!

용의 울부짖음. 그러더니 용이 천천히 움직이기 시작했다.

스으으으!

처음에는 느렸으나 점차 속도가 붙는 용의 움직임. 이제는 엄청난 속도로 운현의 몸 구석구석을 돌아다니기 시작했다. 마치 높은 하늘을 유유히 헤엄치는 용처럼.

온몸을 다 돌고 난 용이 이번에는 운현의 상단전을 노리기 시작했다.

콰앙!

엄청난 충격. 간신히 의식의 끈을 붙잡고 있던 운현은 그

충격으로 완전히 의식을 놓았다.

콰앙!

또 한 번의 충격. 흔히 임독양맥이라고 불리는 임맥과 독맥이 하나씩 뚫리는 순간이었다.

임맥과 독맥을 모두 뚫어버린 용의 마지막 종착지는 백회였다. 자연의 기운을 빨아들이는 입구인 백회. 용은 그곳을 통해 밖으로 나가려는 모양이었다.

쿠와아앙!

엄청난 소리와 함께 운현의 위로 용 한 마리가 승천하고 있었다. 눈부시게 밝은 몸을 가진 한 마리의 용이.

"저, 저건!"

엄청난 소리에 세 노인과 갈염천, 악규영, 정미현은 집 밖에 나와 있었다.

그리고 그들은 보았다.

하늘로 승천하는 한 마리의 용을.

그 모습은 가히 장관이라 할 수 있었다.

그 다음 순간, 하늘로 승천하던 용이 방향을 선회하였다. 바꾼 방향은 아래쪽.

정확히는 운현이 앉아 있는 쪽이었다.

쫘아아아아!

엄청난 속도로 운현을 향해 내리꽂히는 용. 이대로라면 운현의 몸이 그대로 가루가 될 것 같았다.

콰아아아!

폭음, 그리고 뿌얗게 피어오른 흙먼지.

마치 하늘에서 거대한 바위 하나가 떨어진 것 같은 모습이었다.

하지만 서서히 흙먼지가 걷히고, 운현의 모습이 드러났다. 아무런 해도 없이 가부좌를 틀고 앉아 있던 그 모습 그대로였다.

용은 운현을 향해 내리꽂혔던 것이 아니라 그대로 운현의 백회혈을 통해 안으로 빨려 들어가 몸을 한 바퀴 더 돌고는 중단전에 조용히 자리를 잡았다.

드디어 운현이 합룡기를 만들어낸 것이었다.

그동안 받았던 엄청난 고통과 충격. 그것들을 이를 악물고 이겨낸 끈기와 어떤 상황에서도 멈추지 않는 노력.

그것이 지금 이 순간 합룡기를 만들어낸 것이었다.

운현이 눈을 떴다.

화악!

운현의 눈에서 한줄기 빛이 뿜어져 나왔다. 아니, 그 정도로 맑고 또렷한 눈이었다.

지금까지의 운현과는 확연히 다른 기도가 느껴졌다. 합룡기를 익힘으로써 지금까지보다 훨씬 더 막강한 힘을 손에 넣은 것이다.

"운현!"

정미현이 뛰어 올라오고 있었다. 자신에게 달려오는 그녀를 보며 미소를 지어 보이는 운현이었다.

"아무렇지도 않아요?"

"괜찮아요. 아무렇지도 않아요."

"그래놓고서는 또 쓰러지는 것 아니에요?"

"안 그럴 테니 걱정 말아요. 지금은 최고의 상태예요."

"정말이에요?"

그녀의 물음에 고개를 끄덕여 보이는 운현. 확신에 찬 운현의 모습에 정미현은 안도감을 느낄 수 있었다.

"오오~!"

홍노가 올라와 운현을 보고 소리쳤다. 운현에게서 느껴지는 기도, 분명 합룡기의 기도였다.

"드디어… 드디어!"

뒤따라 올라온 정 노인도 감격에 말을 잇지 못했다. 그 정도로 세 노인에게는 합룡기가 풀어야 할 숙원이었던 것이다.

"축하한다."

"예, 감사합니다. 어르신들의 도움 덕분에… 합룡기를 익힐 수 있었습니다."

합룡기를 이뤄낸 운현이었다.

곡해성은 현재 마교에 있다. 속속 도착하는 육천룡문의 무사들을 배정하고, 다시금 이곳에서의 생활에 적응하도록 하느라 진땀을 빼고 있었다.

"음?"

업무를 보던 곡해성이 문득 느껴지는 느낌에 고개를 들었다. 낯설지 않은 느낌. 자신의 몸이 기억하고 있는 이 느낌은 분명 합룡기의 느낌이었다.

하지만 무언가가 달랐다.

자신이 익힌 합룡기보다 더 거대한 느낌이었다.

'설마?'

원래 합룡기는 황룡기가 없으면 만들어낼 수 없는 것. 하지만 그들은 부단한 노력으로 황룡기 없이 합룡기를 만들어내었다.

아니, 이것이 합룡기일 것이라고 짐작하는 것일 뿐이었다.

사실 그들이 익힌 것은 합룡기가 아니다. 정기의 단계까지 만들어 세 기운을 한 몸에 넣어놓는 것까지는 성공했지만, 거기까지였다.

세 기운이 융화되지 않은 것은 합룡기가 아니었다. 하지만 합룡기에 대해서 모르는 그들로서는 그것을 합룡기라고 믿고 있을 뿐이었다.

똑똑.

"누구?"

끼이익!

문이 열리고 모습을 드러낸 사람은 상인모였다. 어제 이곳에 도착한 그였다.

"너도 느꼈겠지?"

"그렇다."

곡해성의 물음에 고개를 끄덕이며 대답하는 상인모. 그의 얼굴 역시 약간 상기되어 있었다.

"우리보다 더 뛰어난 기운이다. 황룡기를 익힌 자. 네놈이 당했다던 그놈이 합룡기를 이룬 모양이다."

"그런 것 같다."

"앞으로의 싸움. 힘겨워지겠군."

"그렇겠지. 하지만 우리의 힘은 강하다. 한 사람의 힘으로 막아낼 수 있는 수준이 아니야."

곡해성의 말에 고개를 끄덕이는 상인모. 그 역시 육천룡문에 대한 신뢰감이 굉장히 강한 사람이었다.

"그자… 내가 쓰러뜨리겠다."

"좋을 대로. 그렇게 해준다면 나야 좋지."

곡해성 입장에서는 운현이 상인모의 손에 죽어도, 상인모가 운현의 손에 죽어도 좋은 입장이었다.

한 명은 적이고, 한 명은 같은 문파이면서도 눈엣가시 같은 존재이니.

"가겠다."

곡해성의 방에서 떠나는 상인모. 그의 두 주먹이 불끈 쥐어
져 있었다.

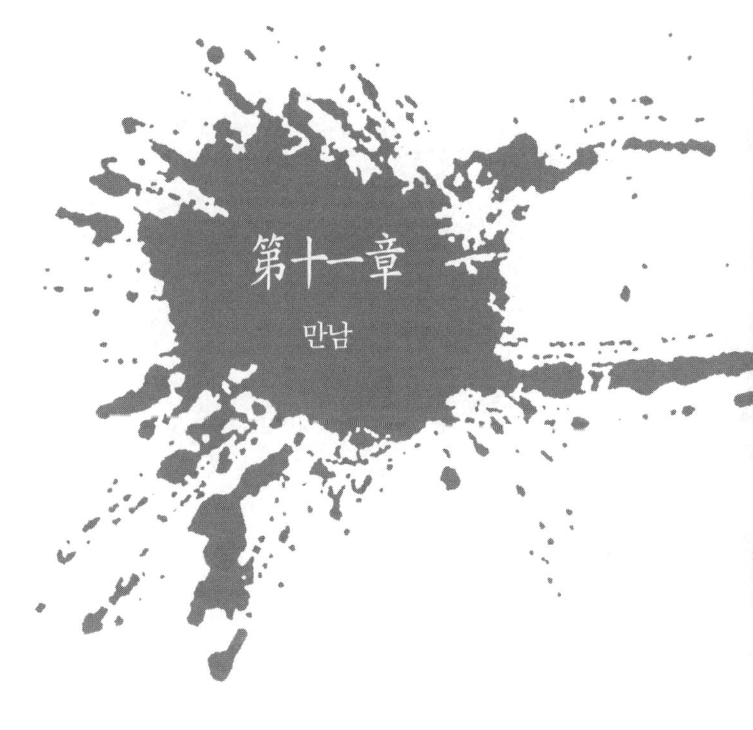

第十一章
만남

魔刀神器

마교에 도착한 종리호는 독고천의 예상대로 난리법석을 떨었다.

독고천은 이번만큼은 어쩔 방도가 없다며 곡해성을 옹호하는 대신 입을 다물고 있었으며, 다른 노인들 역시도 차마 종리호를 말리고 나서지 못했다.

"네 이놈! 이제는 소담이로도 모자라서 그 아이까지 내게서 빼앗아가려 하느냐!"

"진정하시지요."

"진정? 진정하라고! 지금 이 상황에서 진정하라고?!"

종리호의 엄청난 기운이 몸 밖으로 흘러나왔고, 그 기운은 지금 그들이 있는 이 공간을 가득 메우고 있었다.

"진정하시지요."

곡해성이 다시금 무거운 어조로 말했다. 그 역시도 조금은 화가 난 모양이었다.

"뭐냐, 그 눈빛과 말투는?"

"제 말을 끝까지 들어보시지요."

"이번에는 무슨 얼토당토않은 변명을 늘어놓을 셈이냐!"

종리호는 이성을 잃어가고 있었다.

"가인이는 죽지 않습니다."

"뭐? 죽지 않아? 그것을 네놈이 어찌 장담하느냐! 그 녀석은 합룡기를 이뤘단 말이다!"

"……!"

종리호가 이를 어찌 아는가. 합룡기의 기운, 그것도 굉장히 먼 곳에서부터 느껴진 기운이다. 그런 것을 종리호나 다른 노인들이 알아차리기는 어려웠을 것이다.

그때 곡해성의 시선에 상인모의 얼굴이 들어왔다. 조소 어린 표정. 분명 곡해성 자신을 보고 있었다.

'상인모, 이 자식!'

상인모가 그 사실을 흘린 모양이었다. 그러니 종리호는 당연 게거품을 물고 흥분할 수밖에.

"가인이의 은신술은 저도 그 기척을 알아차리기 어려울 정도로 대단합니다. 그 정도의 실력을 가지고 있는 아이이니 절대 죽지 않을 것입니다."

"그 아이의 실력은 누구보다도 내가 더 잘 안다! 죽지 않을 것이라는 것도 믿어 의심치 않는다! 하지만 내가 지금 여기서 탓하는 것은 그 아이를 네 손으로 사지로 밀어 넣었다는 점이다!"

종리호의 말에 곡해성은 아무런 말도 할 수가 없었다. 종리호의 말이 맞는 말이었기 때문이다.

물론 곡해성이 초가인을 만류하지 않은 것이 아니지만, 지금 상황에서 그것은 그저 변명에 불과할 뿐이었다.

"만약 무슨 일이 생긴다면, 제가 직접 가겠습니다."

"흥! 웃기지 마라! 이제 더 이상 네놈을 믿을 수 없다!"

종리호의 말에 곡해성은 겉으론 아무 내색도 안 했으나 속으로는 조금 안타까운 마음이 들었다.

"난 네놈이 우리들의 대업을 두고 이래라저래라 하는 것이 마음에 안 들어. 어디 잘해봐라."

그 말을 남기고 종리호는 자신의 거처로 돌아가 버렸다. 곡해성은 점점 일이 꼬여간다는 생각에 머리를 좌우로 살짝 저었다.

합룡기를 이룬 운현은 나날이 그 위력에 놀라고 있었다. 검법 수련을 할 때에는 가볍게 발현되는 검기에 진기 조절을 해야 했다.

그뿐만이 아니었다. 일상생활에서도 굉장히 많은 부분에서 대단함을 느끼고 있었다.

작은 기척, 숨소리 등 듣지 못하는 것이 없었다. 게다가 조금 높은 나무 위로 올라가서 마음만 먹으면 근처에 있는 마을까지도 비교적 상세하게 볼 수 있을 정도였다.

그런 운현의 감각은 가히 초인적이라 할 만했다.

오히려 운현 스스로가 이런 감각에 익숙해져야만 했다. 잠을 잘 때에도 작은 기척에 벌떡 일어나기도 했고, 운기를 할 때에도 집중이 잘되지 않았다.

여기저기에서 들려오는 소리와 기척 때문에 집중하는 데 많은 방해를 받았다.

그리고 가장 큰 이유는 합룡기 때문이었다.

합룡기가 된 이후로 한시도 가만히 있지 못하는 진기였다. 중심에서 무게를 잡는 황룡과 활발한 적룡, 그리고 날카로운 청룡의 성질을 고루 갖춰 평소에도 그런 모습을 수없이 드러내는 합룡기였다.

그러다 보니 운현 스스로도 가만히 있다가 깜짝 놀라는 때가 많았다.

'다스리려면 시간 꽤 오래 걸리겠구나.'

조용히 한숨을 짓는 운현이었다.

합룡기를 이루고 며칠이 지났다.

아직 적응은 잘되고 있지 않지만 그래도 처음보다는 놀라거나 당황하지 않는 운현이었다.

이 정도라도 되는 것이 다행이었다. 마음이 안정되면 그만큼 하는 일도 잘 풀릴 수 있기 때문이다.

"부르셨습니까, 어르신?"

운현이 정 노인의 부름에 집 안으로 들어갔다. 집 안에는 정 노인뿐만 아니라 홍노와 청노가 진지한 표정으로 앉아 있었다.

정 노인과 청노는 그렇다고 해도, 홍노의 진지한 모습은 굉장히 낯설었다.

"이리 앉아라."

"예."

운현이 세 노인의 맞은편에 앉았다. 그리고는 그들을 바라보았다.

"이제 합룡기도 이루었으니 슬슬 다른 일을 해야 하지 않겠느냐?"

"금선도를 말씀하시는 것입니까?"

"그래, 금선도를 찾아야지."

정 노인의 말에 곁에 있던 홍노가 입을 열었다.

"금선도를 찾는 것에서 끝날 것이 아니라, 찾아서 다시는 세상에 나오지 못하도록 숨겨야 할 것이다."

"저도 그렇게 생각하고 있습니다."

"그래, 당연히 그래야 한다."

홍노의 말에 운현이 고개를 끄덕였다.

"하지만 육천룡문이 가만히 있지 않을 것입니다."

"그렇겠지. 하지만 그들과의 충돌은 될 수 있으면 없었으면 한다."

"그것은 제 마음대로 되는 일이 아닙니다."

"그렇지. 그렇기에 저들이 어떤 일을 벌이기 전에 먼저 금선도를 찾는 것이 중요하다."

"그렇지만 지금은 금선도가 어디에 있는지 작은 단서도 없는 상황이 아닙니까?"

"그렇지……."

운현의 말에 정 노인과 청노, 홍노의 얼굴이 살짝 굳어졌다. 금선도를 찾아야 하지만 정작 그것이 어디에 있는지 알 수가 없었다.

단서가 없다면 이 넓은 중원에서 금선도를 찾는 것은 하늘의 별을 따는 것만큼 어려운 일이라 할 수 있었다.

"그래도 저들 역시 금선도의 위치에 대한 단서를 아는 것은 없다. 동률이라 할 수 있어."

"그렇지 않습니다."

홍노의 말에 운현이 고개를 저었다.

"똑같이 모른다 하여도 그들에게는 세력이 있습니다. 백명이 찾는 것과 한 명이 찾는 것이 똑같을 수는 없지요."

“음……..”

정 노인과 홍노, 청노가 고개를 끄덕였다. 운현 말대로 자신들은 다 나서봐야 고작 일곱 명. 육천룡문의 경우 그의 수백 배 이상은 될 것이었다.

일 년 이상을 먼저 나서서 찾는다고 해도 현저하게 불리한 상황이었다.

“일단 고민을 좀 해보자꾸나.”

“예.”

운현이 자리에서 일어났다. 그러자 홍노가 운현을 급히 불렀다.

“아, 잠깐만.”

“예?”

“내려가서 이것저것 좀 사 오너라, 요즘 들어 무릎이 좀 쑤셔서……..”

“…알겠습니다.”

무언가 중요한 말을 할 것이라 기대했던 운현은 내려가서 무엇 좀 사 오라는 홍노의 말에 맥이 빠진 듯 대답했다.

“우와! 정말 오랜만이네요!”

실로 오랜만에 태산에서 내려온 것이기에 정미현은 굉장히 좋아했다. 산 위는 나무들과 숲이 많아 조금 어두웠는데, 산 밑으로 내려오니 밝고 햇볕도 따사로웠다.

"그러네요. 정말 오랜만이에요."

운현도 조금은 마음이 들뜬 듯 목소리가 밝았다.

태산에서 얼마 떨어지지 않은 태안(泰安)이라는 도시는 사람들이 그리 많지 않은 소도시였다.

하지만 곡부에서 태산을 거쳐 제남(齊南)까지 이어지는 거대한 관도에 연결이 되어 있어 사람들이 많이 오가는 도시였다.

그만큼 그곳에서 거래되는 물건들의 양도 장난이 아니었다.

"와! 운현! 이것 좀 봐요!"

태안에 들어서자마자 길가에 서 있는 많은 장사판들을 둘러보던 정미현이 노리개들을 보며 소리쳤다.

가판에서 파는 것이기는 했지만 작고 예쁜 것들이 참 많았다.

'그러고 보니 이런 것 하나 사준 적이 없구나.'

운현이 씁쓸한 미소를 지었다. 정미현 역시 여인. 이런 것에 관심을 가지지 않을 리가 없었다.

그런데 그동안 자신의 일 때문에 너무 그런 것에 무심했던 것 같아 미안한 마음이 들었다.

"아, 어서 가요. 이것 말고도 살 것이 많지요?"

정미현이 잠시 가판을 아쉬운 듯 바라보고는 몸을 돌렸다.

“정 소저, 잠깐만요.”

운현이 다른 곳으로 가려는 정미현의 팔을 잡았다. 그리고는 노리개 가판으로 끌고 가 이것저것을 구경했다.

“이건 얼마죠?”

“이건 십이 문짜리라오. 사시게?”

“예. 정 소저는 어떤 것이 맘에 들어요?”

“운현, 이러지 않아도 돼요.”

“괜찮아요. 하나 골라봐요.”

운현이 미소를 지으며 말했다. 그에 잠시 운현의 얼굴을 바라보던 정미현도 미소를 지으며 고개를 끄덕였다.

“그럼… 전 이거요.”

정미현이 작고 예쁜 노리개 하나를 골랐다. 그랬더니 가판 주인이 호들갑을 떨기 시작했다.

“아가씨께서 노리개 보는 눈이 있으시군요! 그게 참 예쁘면서도 씨게 나온 겁니다.”

“얼마인데요?”

“원래 삼십 문짜리인데, 그냥 이십 문만 주십시오. 엄청 싸게 드리는 겁니다.”

“너무 비싸…….”

“여기요.”

“운현?”

비싸다고 안 사려 했던 정미현은 이십 문을 주인에게 건네는 운현을 보며 놀란 표정을 지었다. 그에 운현은 그녀에게 미소를 지었다.

"그럼, 많이 파세요!"

"감사합니다!"

운현이 정미현을 끌고 다른 곳으로 자리를 옮겼고, 가판 주인은 기분 좋은 표정으로 그들에게 인사했다.

"운현, 무슨 생각으로 그렇게 비싸게 샀어요?"

"그냥요. 이왕 해주는 거 비싸면 어때요? 처음으로 사주는 선물인데."

운현의 말에 정미현은 가만히 생각해 보았다. 그러고 보니 지금 이 노리개가 운현에게 받은 첫 선물이었다.

"고마워요."

정미현이 작게 말하자 운현은 미소를 지었다.

"자! 그럼 이제 뭘 사야 되지?"

운현이 사야 될 물건 목록이 적힌 종이를 보며 정미현과 함께 힘차게 걸었다.

운현과 정미현이 태안에서 장을 보고 있을 때, 초가인 역시 태안에 들어서고 있었다.

곡부에서 태안까지의 거리가 꽤 먼 데다가 그 중간에 작은 마을들 몇 개만 있었을 뿐, 제대로 쉴 곳이 없었기에 태안은 그녀에게 굉장히 반가운 곳이었다.

"이곳이 태산과 가깝다니까 여기서 좀 쉬었다가 태산으로 가야겠구나."

그렇게 중얼거린 초가인은 일단 객점부터 찾았다. 피곤한 몸을 좀 눕히고 싶었기 때문이다.

"어서 옵쇼!"

초가인이 객점 안으로 들어가자 점소이 한 명이 쪼르르 달려왔다.

"자리 하나 있나요? 그리고 하루 정도 묵어갈 건데 방도 있으면 좋겠네요."

얼굴도 예쁜 초가인의 입에서 옥음이 들려오자 점소이는 넋을 놓고 그녀를 바라보았다.

"네?"

초가인이 그런 점소이에게 미소를 보이며 한 번 더 재촉하자 정신을 차린 점소이가 당황해하는 모습을 보였다.

"아, 아, 예. 저를 따라오십시오."

점소이가 황급히 방이 있는 이층으로 그녀를 안내했다. 그리고 초가인은 객점 안에 있는 사람들의 시선을 한 몸에 받으며 객점 이층으로 올라갔다.

초가인이 객점 이층으로 올라가고 얼마 지나지 않아 두 사람이 객점 안으로 들어섰다.

사내와 여인, 바로 운현과 정미현이었다.

짐을 바리바리 들고 있는 것으로 보아 장을 다 보고 요기를 하기 위해 객점에 들른 모양이었다.

"뭐 이리 살 것이 많은지……. 이거 들고 돌아갈 것을 생각하면 벌써부터 힘이 든 것 같네요."

"그러게 말이에요. 좀 많이 먹어야겠어요."

"호호호!"

대화를 나누는 둘을 객점 안의 사람들은 또 한 번 넋을 잃고 바라보았다. 방금 전에 올라간 초가인도 아름다웠지만, 운현과 정미현은 그야말로 선남선녀(善男善女)라는 말이 무색할 정도였기 때문이다.

게다가 정미현은 초가인과 둘 중에 누가 더 예쁘다고 하기 어려울 정도로 아름다웠기에 더 많은 시선을 끌고 있었다.

웃으며 대화를 나누던 운현과 정미현은 사람들의 시선을 느끼고는 입을 다물었다. 그런 다음 고개를 살짝 숙이고는 구석진 자리로 가서 앉았다.

하지만 어느 곳에 앉던 사람들의 시선은 그 둘의 움직임을 좇고 있었다.

방을 잡은 초가인은 짐을 풀고는 몸을 씻은 후에 식사를 위해 일층으로 내려갔다.

하지만 자신이 내려왔을 때의 분위기는 조금 전에 이층으로 올라갈 때의 분위기와는 전혀 다른 분위기였다.

‘뭐지?’

이층으로 올라갈 때에만 해도 사람들의 시선은 전부 자신을 향해 있었다. 하지만 지금은 아니었다.

대부분의 사람들의 시선이 자신이 아닌 어느 한쪽으로 쏠려 있었다. 일층으로 내려가서 자리를 잡은 초가인은 사람들의 시선이 쏠려 있는 쪽으로 고개를 돌렸다.

‘어!’

그곳에는 사내와 여인이 앉아 있었다. 그들이 바로 초가인이 찾던 운현과 정미현이었지만, 그들의 얼굴을 한 번도 본 적이 없는 초가인으로서는 그것을 알 리가 없었다.

‘예쁘잖아!’

초가인은 운현과 앉아 식사를 하고 있는 정미현의 모습에 샘이 났다. 많은 여인들을 본 적은 없지만 그 예쁘다는 홍등가의 여인들보다 정미현이 훨씬 더 아름답게 생겼던 것이다.

어쩌면 지신보다 더 아름다운 것 같다는 생각을 하는 초가인이었다.

‘게다가… 저 남자…….’

초가인은 정미현에게서 운현에게로 시선을 돌렸다. 잘생긴 얼굴. 육천룡문의 남자들 중에서도 운현만큼 잘생긴 사람은 손에 꼽을 정도였다.

그러니 정미현에게는 호감이 가지 않았지만, 운현에게는 호감이 갔다.

자신보다 아름답다고 생각되는 정미현과 함께 있기 때문에 더욱더 그런 것일 수도 있었다.

드르륵!

초가인이 자리에서 일어섰다. 그리고는 운현과 정미현이 앉아 있는 곳으로 향했다.

"어?"

"아까 이층으로 올라간 여인이다!"

"저쪽으로 걸어가고 있어!"

초가인이 운현과 정미현이 있는 곳으로 걸어가자 사람들은 눈을 동그랗게 뜨고 그들을 바라보았다.

딱 봤을 때 운현, 정미현과 초가인은 서로 아는 사이가 아니었다. 그런데 너무나도 자연스럽게 운현에게 걸어가는 초가인이었다.

"저기요."

"네?"

"합석해도 될까요? 자리가 없어서요."

초가인의 말에 운현과 정미현은 객점 안을 둘러보았다. 방금 전에 초가인이 앉아 있던 자리는 그새 새로 온 손님들이 차지하고 앉아 있었다.

실로 절묘한 상황이었다.

"뭐 어쩔 수 없지요. 앉으세요."

"감사합니다."

운현이 자리를 권했고, 초가인이 그 자리에 앉았다.

'이 여자는 뭐야?'

정미현은 초가인을 보고 조금 기분이 나빠졌다. 다른 자리에 합석을 해도 되는 상황이었다. 그런데 굳이 구석에 있는 자신들에게까지 와서 합석을 권했다.

게다가 생긴 것도 자신보다 예뻐 보이는 것이 더욱 마음에 안 들었다.

'혹시……'

정미현은 운현을 슬쩍 바라보았다. 초가인을 바라보지 않고 식사에만 열중하는 모습. 일단은 안심이었다.

하지만 초가인이 접근한 것이 혹시 운현에게 흑심이 있어서 그런 것이 아닐까 하는 생각이 들자 초가인을 보는 정미현의 시선이 더욱 날카로워졌다.

"이름은 어떻게 되시나요?"

"예, 예?"

식사를 하던 운현은 초가인의 물음에 조금 당황한 모습을 보였다. 아름다운 여인이 말을 거는 데 당황하지 않을 남자는 없었다.

"아, 운현이라고 합니다."

'운현!'

초가인은 순간적으로 놀란 기색을 보이다가 이내 그것을 감췄다.

“그쪽은 이름이 어떻게 되시죠?”

정미현이 조금은 쌀쌀맞게 물었다. 마음에 안 드는 사람이니 그럴 수밖에…….

“제 이름은 초가인이라고 합니다.”

‘이름도 예쁘잖아!’

정미현의 시샘은 더욱 커져만 갔다. 게다가 운현이 초가인의 물음에 쑥스러워하는 모습을 보였기에 지금 정미현의 속에서는 불길이 끓어오르고 있었다.

“운현, 이제 가야 하잖아요? 시간이 많이 흘렀어요.”

“어? 아직 다 못 먹었는데…….”

“어서 가요.”

드르륵!

정미현이 자리에서 일어났다. 그리고 그런 정미현을 운현은 당황스러운 눈빛으로 바라보았다.

“만나서 반가웠어요, 초 소저.”

“저도요.”

쌀쌀맞게 서로에게 인사하는 두 사람. 그 둘의 사이에서 무언가 싸늘한 기운이 느껴지는 것 같았다.

“저, 정 소저!”

“가요.”

오싹!

정미현의 말에서 살기를 느낀 운현이었다.

“만나서 반가웠습니다.”

“저도 반가웠어요.”

초가인이 미소를 지으며 운현에게 인사하자 운현은 다시금 얼굴을 붉혔다.

“운현!”

벌써 객점 밖에 나가 있는 정미현이 운현에게 전음으로 소리쳤다. 여기서 운현의 이름을 입 밖으로 소리쳤다가는 한바탕 소란이 날 것이 분명했기 때문이다.

그에 운현도 서둘러 객점 밖으로 나갔고, 초가인은 그런 운현의 뒷모습을 바라보았다.

“저 사람이 운현이라……”

눈빛이 달라진 초가인이었다.

정미현은 단단히 삐쳐 있었다. 그리고 그 뒤를 짐을 혼자다 들고 낑낑거리는 운현이 따라가고 있었다.

“정 소저!”

“흥!”

운현이 불러도 뒤도 돌아보지 않고 걷는 정미현이다. 그에 운현은 도대체 자신이 무엇을 잘못했는지 알 수가 없었다.

객점에서부터 조금씩 화가 난 것 같았는데, 도무지 그 이유를 알 수 없는 운현이다.

‘객점… 객점……. 설마?’

운현은 아닐 것이라 생각했다. 정미현이 그런 일 가지고 이렇게 삐치는 사람이었던가?

'혹시?'

하지만 아무리 생각해 보아도 그것밖에는 이유가 될 것이 없었다.

"정 소저~"

운현의 목소리와 말투가 바뀌었다. 그에 정미현은 운현이 무언가 알아차렸다는 것을 알 수 있었다.

"정 소저~"

다시 한 번 친근하게 정미현을 부르는 운현. 운현의 부름에 고개를 돌리고 싶은 마음은 굴뚝같았지만 정미현은 애써 참았다.

'음… 심하게 삐친 것 같은데?'

운현이 자신을 돌아보지 않는 정미현을 보며 생각했다. 어떻게 해야 마음을 풀 수 있을지 도무지 알 수가 없었다.

'어떻게 해야……. 음?'

머리를 긁으며 고민을 하던 운현의 감각에 낯선 이의 기척이 느껴졌다.

최대한 기척을 죽이고 은밀하게 따라붙는 것으로 보아 살수인 것 같았다.

'혹살? 지난번에 당했으면서 또? 이번에는 누가 청부한 것인가!'

운현의 표정에 긴장감이 떠올랐다. 합룡기를 이루기는 했지만, 지금 자신의 기척에 느껴지는 살수는 지난번에 왔던 살수들보다 더 뛰어났다.

지난번에 왔던 살수 두 명이 특급 살수였다는 사실을 모르는 운현으로서는 이들을 흑살로 생각하고 있었다.

"정 소저."

운현이 정미현을 불렀다. 위험한 상황이었기 때문이다. 하지만 정미현은 여전히 뒤를 돌아보지 않았다.

"정 소저."

텁!

"왜요?!"

운현이 자신의 어깨를 붙잡자 앙칼진 목소리로 그를 돌아본 정미현은 운현의 표정이 심상치 않자 자신 역시도 표정을 굳혔다.

"조심해요. 살수인 것 같아요."

흠칫!

살수. 절대로 잊을 수 없는 단어였다.

그 때문에 죽을 뻔했고, 운현 역시 죽을 위기에 처했었다.

어디 그뿐이던가. 그 일 때문에 얼마 동안 자신과 운현의 사이가 서먹하지 않았던가. 그때의 일을 생각하니 화가 나면서도 겁이 나는 그녀였다.

"공격할 의사는 없는 모양이니까 이대로 쭉 가요. 알아챈 기색을 보이면 바로 공격할지도 몰라요."

운현의 전음에 정미현은 보일 듯 말 듯 고개를 끄덕였다. 한 걸음 한 걸음 내딛을 때마다 자신이 지금 어찌 걷고 있는지도 점점 잊어갈 정도로 심하게 긴장하는 정미현이었다.

운현과 정미현이 객점에서 나가고, 얼마 안 있다가 초가인 역시 객점을 나섰다.

자신은 운현에게 복수를 해야 하는 입장. 자신은 적을 알고 상대는 자신을 모른다는 점은 초가인에게 있어서 굉장히 유리한 점이었다.

'따라가자. 오늘은 날이 아니다. 어디에서 무엇을 하는지만 알아두어도……'

이런 일에서 가장 중요한 점은 인내심이다. 은밀하게 상대를 따라붙으면서 상대를 파악하고, 허점을 찾아 기습을 하는 것이다.

초가인은 단기간에 승부를 볼 생각이 아니었다. 최대한 운현이라는 사람을 파악한 후, 틈을 보이면 그대로 파고들 생각이었다.

평소 모습과는 달리 일을 할 때에는 상당히 독하고 끈기있게 변하는 초가인이었다.

운현과 정미현은 마치 초가인의 존재를 모르는 것처럼 곧장 집으로 갔다. 마침 밖에 나와 있던 홍노가 정미현과 운현을 보고는 소리쳤다.

"이놈아! 뭐 하느라 이리 늦었어!"

"최대한 빨리 온 겁니다!"

"네놈 다리면 하루에 왔다 갔다 할 거리잖아!"

"혼자 갔습니까, 혼자 갔어요? 정 소저도 함께 갔잖아요."

"이놈이 어디서 말대꾸야!"

"죄송합니다."

바로 꼬리를 내리는 운현. 역시 나이로 밀어붙이는 홍노다.

"어서 들어가자. 할 얘기도 있고."

"할 얘기요?"

"그래, 일단 들어오기나 해. 너도 들어오고."

"알겠어요."

홍노의 말에 운현과 정미헌은 집 안으로 들어갔다. 그리고 그런 셋의 모습을 멀리서 초가인이 지켜보고 있었다.

"넌 어디서 뭘 달고 온 거야?"

"아셨습니까?"

"그래. 기척을 알아차리기가 굉장히 어렵던데, 살수인가?"

"그런 것 같습니다."

"음… 실력이 굉장한 것 같다. 기척을 찾기가 어려워. 작은 틈을 보이지 않았다면 몰랐을 거다. 실수를 한 모양이다.”

“흑살인 것 같습니다.”

“흑살? 거긴 또 어디냐?”

“중원 최고의 살수 집단이지요.”

“그놈들이 너를? 왜?”

“살수들이야 청부를 받고 움직이는 것 아닙니까. 지난번에도 한 번 당할 뻔했지요.”

“그런데 그런 살수를 여기까지 끌고 들어왔어?”

“공격할 의사가 없어 보였습니다. 그래서 잡아다가 한 번 물어보려고요.”

“뭘? 청부한 사람을? 아서라. 살수들이 언제 청부자에 대해서 부는 것 봤냐? 절대 안 분다. 헛고생이야. 그냥 잡아다가 없애 버려. 그게 속 편하다.”

“제가 생각이 있어서 그런 것이니 며칠만 기다려 주세요.”

“며칠? 이놈아, 그러다가 여기에 있는 사람 다 죽어! 저 정도 실력이면 잠잘 때 들어와서 목을 긋고 도망가면 그대로 황천길이라고! 중원에 이 정도 살수가 있을 줄은 몰랐는데…….”

홍노의 말에 운현이 미소를 지었다.

“어차피 목표는 저입니다. 걱정하지 마세요. 제가 다 알아서 처리하겠습니다. 그러니 저 살수는 없는 사람으로 치셔도 상관없어요.”

"그게 말처럼 쉽냐? 너라면 몰라도."

홍노의 말에 운현이 미소를 지었다. 하지만 홍노의 말처럼 근처에 살수가 있다면, 아무리 공격 의사가 없어도 불안하기는 할 것이었다.

운현은 창밖을 살짝 바라보았다. 살수가 있는 위치는 창문으로는 보이지 않는 곳이다.

하지만 운현은 그곳을 노려보았다. 약간의 살기를 담고서.

'덤벼봐!'

운현의 마음이 담긴 한줄기 살기였다.

찌릿!

'……!'

초가인은 순간적으로 살기를 느꼈다. 그들이 집 안으로 들어간 후 자신의 존재를 모를 것이란 생각에 살짝 긴장을 풀고 있던 초가인으로서는 깜짝 놀랄 만한 일이었다.

'설마?!'

초가인은 고개를 저었다. 절대로 있을 수 없는 일이다. 자신의 은신은 같은 육천룡문에 있는 사람들조차도 제대로 알아차리기 어렵다.

하물며 운현이나 다른 사람들이 알아차렸을 리가 없다. 아니, 자신의 기척은 어찌어찌 알아차렸다고 해도 위치까지 정확하게 알 수는 없을 것이다. 이렇게 살기를 보낼 정도로.

하지만 초가인은 모르고 있었다. 얼마 전에 운현이 합룡기를 이뤄내었다는 것을.

그리고 그 합룡기는 곡해성이나 상인모 등이 합룡기라 생각하는 것과는 다른 것이라는 사실을.

『마도신기』 5권에 계속…

지금 유전자가 말하는 사랑과 성의 관한 솔직 대담한 진실이 펼쳐집니다!

남편의 후광을 등에 업는 것은 까마귀와 인간뿐…

모두에게 바보 취급받던 독신 암컷이 단번에 인생대역전을 해서
서열 1위인 수컷의 아내 자리를 차지하게 될 수도 있다는 말입니다.
모든 여성이 이상형의 남자와 결혼할 수 있는 것은 아닙니다.
적당한 선에서 타협하여 적당한 사람과 결혼하지요.
하지만 솔직히 말해서 당연히 멋진 남자가 더 좋지 않겠습니까?
따라서 여성은 생각합니다.
'그럼 어떻게 하지? 유전자만이라면 가질 수 있어!'
그리하여 장기계획형이나 단기승부형과 같은 여러 가지 방법의
외도가 생겨나는 것입니다.
물론 모든 여성이 이를 실행에 옮기지는 않습니다.

하지만 기회가 있다면 어떨까요?
다른 조건과 이미 타협을 봤다면?
남편이 사소한 일은 눈치 못 채는 둔한 남자라면?
뭔가 유전자의 음모가 느껴지지 않습니까?

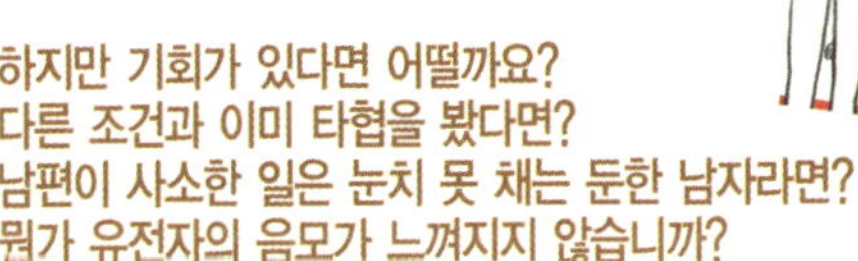

실패를 모르는 남자 선택법!
「내 남자친구는 왼손잡이」 법칙

어째서 여성은 왼손잡이 남성에게 마음이 끌리는 걸까요?

여기서 기억해야 할 것은 몸의 좌우와 뇌의 좌우는 원칙적으로 반대 관계라는 점입니다.
따라서 왼손잡이 남성은 우뇌가 발달했습니다.
발달했다는 사실이 왼손잡이를 통해 반영된 것입니다.

그리고 두 번째로 생각해야 할 것은 우뇌는 남성 호르몬의 일종인 테스토스테론에 의해 발달한다는 점입니다.
요약하자면 왼손잡이 남성은 우뇌가 발달했는데, 그것은 테스토스테론 수치가 높기 때문입니다.
그것은 다름 아닌 생식 능력이 높다는 것을 의미하지요.

「내 남자 친구는 왼손잡이」에 감춰진 의미는… 내 남자 친구는 생식 능력이 높아… 인 것입니다.

초등학생이 반드시 읽어야 할 좋은 책 49권

각 학년별로 초등학생이 반드시 읽어야할 좋은 책을 선정하여 통합논술의 기본이 되는 '올바른 독서법'을 일깨워 줍니다.

교과서와 함께하는
초등학교 통합논술

초등1학년 | 값 12,000원 | 초등2학년 | 값 9,500원 | 초등3학년 | 값 11,000원 | 초등4학년 | 값 9,500원 | 초등5학년 | 값 9,500원 | 초등6학년 | 값 11,000원

♣ 혼자 할 수 있어요.

엄마가 책 읽는 방법을 가르쳐 주어도 좋아요.
독서지도하는 선생님이 가르쳐 주어도 좋답니다.
"초등 교과서와 함께하는 **통합논술 시리즈**"는
아이 스스로 독서할 수 있도록 꾸며진 책이에요.
엄마와 선생님은 요령만 가르쳐 주시면 된답니다.

♣ 교과서의 중요한 내용이 총정리되어 있어요.

각 학년별로 중요한 교과 내용이 함께 수록되어 있어요.
초등학생은 교과서 내용을 충실하게 공부해야 합니다.
아울러 그와 병행한 독서가 대단히 중요하지요.
"초등 교과서와 함께하는 **통합논술 시리즈**"는
두가지 방법 모두 알려준답니다.

♣ 이 책은 훌륭하신 선생님들이 함께 쓰신 책이랍니다.

동화작가 선생님들이 쓰셨어요. 소설가 선생님도 쓰셨답니다.
국어 논술독서지도 선생님들도 함께 쓰셨지요.
"초등 교과서와 함께하는 **통합논술 시리즈**"는
엄마의 마음으로 모든 선생님들이 함께 꾸민 책이랍니다.